독신

독신

김현영　류소영　박자경　윤애순　이신조　전혜성

문학동네

웨딩 웨딩
드레스

김현영

자신 명의로 된 집을 소유하고 있어야

하고 월수입도 몇백 이상이어야만 가

입할 수 있는 독신자 클럽 얘기를 해

주면 Y는 어떤 표정을 지을까. 독신에

의 꿈은 풍선처럼 공허하게 내 머릿속

에서 부풀어 있었다. 혹독한 현실의 독신을 견뎌야 하는 Y의 한마디 한마디가 날카롭게 나

를 찔렀다. 그녀에게 독신은 삶의 한 방법이라기보단 계급에 가까웠던 것이다. 신종 프롤

레타리아, Y. 그녀는 혁명을 꿈꿀까?

웨딩 웨딩 드레스

모닝 섹스

"일어날 시간이야."

나는 그림자의 어깨를 힙합 리듬으로 흔들며 작지만 단호한 소리로 일어나라고 외쳤다. 그림자는 출근을 해야 했고 나는 그림자가 직장에 늦지 않도록 깨워야만 했다. 우리는 각자의 생산 라인에 서서 프로페셔널하게 우리의 아침을 만드는 데 익숙해 있었다. 잠시 후, 그림자는 눈도 뜨지 않은 채 주방으로 갈 것이다. 나는 그런 그림자를 위해 식탁 위에 시리얼이나 토스트, 크림수프 따위의 아침식사를 차려놓는다. 그림자는 여전히 눈도 뜨지 않고 그것들을 먹어치운 후 욕실로 향한다. 그림자가 욕실에서 배설과 세면을 하는 동안 나는 커피를 내린다. 잠시 후, 욕실에서 나온 그림자는 커피를 마시며 조간 신문을 읽는다. 12면쯤에 이르러서, '이런, 또 늦었잖아' 라는 언제나 똑같은 대사를 읊은 후에 그림자는 현관을 나선다. 변하는 건 아무것도 없을 것이다. 우리의 일상은 모눈종이처럼 정확했다. 당장 미아리에 자리를 깔고 앉아도 될 정도로 나는 모든 것을 예측할 수 있었다.

"일어나라구."

나는 모눈종이에 그려진 눈금 위에 덧금을 긋는 듯한 어조로 한 번 더 그림자를 흔들어 깨웠다. 불쑥, 그림자의 손이 스커트 속으로 미끄러져 들어왔다. 나는 몸의 균형을 잃고 그림자 위로 쓰러졌다. 그림자보다 먼저 일어난 페니스는 아이스바처럼 딱딱했고, 차가웠다.

"내가 일어나라고 한 건 그게 아니야."

"알아. 하지만 오늘 아침만큼은 네 안으로 출근하고 싶은걸."

잠에서 덜 깬 그림자의 웅얼거림이 모눈종이의 눈금을 조금씩 허물었다. 우리는 이런 아침을 가져본 적이 없었다. 마치 누군가가 쓰고 있는 소설 속에 들어와버린 것만 같았다. 소설가가 자판을 두드려 조합한 문장이 되어 나는 지금 그의 모니터에 새겨지고 있는 건 아닐까. 머릿속 가득 의심이 들어차는 바람에 내 몸의 감각은 종이인형처럼 말라갔다. 나는 그림자가 접는 대로 착착 접혔다.

여자의 몸 속엔 엘리베이터가 하나씩 있다. 여자와 결혼을 한 남자라면 누구나 전용 엘리베이터를 타고 자신이 원하는 층에서 내릴 수가 있는 것이다. 그러나 나의 엘리베이터는 언젠가부터 고장이었다. 아무리 단추를 눌러도 문이 열리지 않았다. 어젯밤에도 그랬다. 그림자는 보채지 않았다. 이유가 뭘까. 아직은 그것을 생각해보는 단계인 것 같았다. 혹시나 하며 몇 번 더 단추를 눌러보다가 그림자는 아무 일 없다는 듯이 침대를 빠져나갔다. 다시, 익숙한 아침이었다.

밤새 그림자가 베고 누웠던 베개에 그의 두형이 상흔처럼 남아 있었다. 아아, 흔적만으로 상처를, 상처의 원인을 짐작할 수 있다면. 터져나오려는 탄식 때문에 입을 틀어막은 채 나는 그림자의 베개를 어루만졌다. 동백꽃처럼 붉은 탄식이 속에서, 속에서, 툭툭 피어나기 시작했다.

동백꽃밭엔, 그리고 한 여자가 서 있었다.

변명

나는 커리어 우먼이 되고 싶었다. 그것이 현대사회가 원하는 여성의 모습이라고 생각했다. 시대와의 조화를 위해 나는 노력했고 그 대가로 공중파 방송국에 공채로 들어갈 수 있었다. 그때만 해도, 내가 내 인생 속에서 가리산지리산 헤매게 되리라곤 꿈도 꾸지 않았다.

나는 〈시네마 미팅〉이라는, 교양과 오락이 적당히 뒤섞인 영화 정보 프로그램의 구성 작가로 일했다. 시청자들 사이에선 '시네팅'이라는 애칭으로도 불릴 만큼 인기가 좋은 프로그램이었다. 대학에선 문예창작을 전공했지만 영화제작 동아리에서 활동한 덕택에 영화를 보는 나의 안목은 비교적 신뢰할 만한 수준이었다. 물론 나는 메인 작가가 아니었기 때문에 고된 일에 걸맞은 보수를 받진 못했다. 그래도 프로그램에 대한 아이디어는 언제나 마르지 않았다. 차근차근 경력을 쌓는다면 머지않아 메인이 될 수 있다는 희망도 있었다. 그런 소박한 희망조차 한낱 꿈에 불과함을 깨닫는 데는, 그러나 그리 많은 시간이 필요하지 않았다.

"자, 이쪽은 미녀 작가 K씨. 그리고 이쪽은…… 현영씨, 무슨 대학 나왔다고 그랬지?"

"올해 M대 문창과 졸업했습니다."

"그래 맞다, M대라 그랬지. 이쪽은 M대 나온 현영씨. 서로 인사들 나누고 앞으로 잘 지내요. 우리 시네팅이 주말 황금시간대를 그냥 차지한 게 아닙니다. 다 팀워크가 좋아서 그런 거지. '뭉치면 살고 흩어지면 죽는다.' 승만이 영감은 재수없지만 이 말은 아주 딱이라니까."

미녀 작가 누구, 명문 S대 나온 아무개 PD…… 시네팅 담당 PD가 사람을 소개하는 방식은 언제나 그랬다. 그만 그런 건 물론 아니었다. 방송국에서 그런 식의 소개법은 국산품 애용이란 말처럼 무감각하고 흔한 일이었다. 한 번도 나는 미녀나 명문으로 시작되는 소개법에 속하지 못했다. 나는 언제나 M대 나온 아무개였지만 그렇다고 해서 큰 스트레스를 받지도 않았다. 변덕 심한 시청자 입맛에 딱 맞을 아이템 찾으랴, 녹화 때마다 MC를 맡은 남자 배우나 스태프들과의 사적 대담으로 바

뿐 메인 작가 대신 현장에서 대본 수정하랴, 자료 찾고 게스트 섭외하랴…… 그런 사소한 일로 마음을 다칠 여유가 내게는 없었기 때문이다. 무심해지는 것이야말로, 미녀는 미녀인 것만으로도 이미 많은 일을 하고 있다는 논법 속에서 생존할 수 있는 유일한 방법이었다. 그러나, 그럼에도 불구하고 정기 개편 때 나는 어떤 프로그램도 맡지 못했다.

"나 이거 참. 요즘 시청자들은 다 마니아 수준이라니까. 큐브릭이 어쨌네 린치가 저쨌네 하며 가납사니같이 떠들어댈 땐 언제고…… 겨우 시청자 수준을 못 맞춰요? 앞서진 못해도 최소한 같은 수준은 돼야 할 것 아닙니까? 모르면 아는 척이나 말던가."

"현영씨 지금 예술해요? 삼십 년 뒤의 시청자들이 알아주면 뭐 합니까. 방송은 중졸 수준에 맞춘다, 내가 몇 번이나 말했어요? 방송은 전공 수업이 아니에요. 폼 잡지 말고, 겉멋 버리고, 시청자 눈높이에 맞게."

담당 PD는 1%라도 시청률이 떨어지면 허무할 정도로 쉽게 방송 기준을 바꾸었다. 나만 눈치 채지 못했지, 그는 내가 팀워크를 맞추지 못하고 있음을 수차례 암시한 셈이었다. 게다가, 능력도 있는데다 예쁘기까지 한 작가 지망생들이 언제나 줄을 서 있다는 사실을 간과하고 경거망동한 것은 나의 치명적인 실수였다.

사표를 내진 않았지만 맡은 프로그램이 없었으므로 나는 실업자였다. 그 뒤로 몇 번의 개편이 더 있었지만 여전히 나는 실업자였다. 케이블 방송국에 들어갔던 한 친구는 수습기간 동안에 아이디어만 쏙 빼주고는 나와 같은 신세가 되었다. 몇 달 후, 경제부총리가 IMF에 구제금융을 요청했다. 광고가 들어오지 않자 방송국도 구조조정에 들어갔다. 더 많은 실업자가 생겼다. 그래도 미녀 작가들은 변함없이 크레딧에 자기 이름을 올렸다. 금세 개선될 상황이 아니었다. 친구들은 새 애인을 만들기보다 헤어졌던 옛 애인을 다시 만났다. 그게 경제적이었으므로. 우리는 갑자기 모든 걸 경제적으로, 합리적으로 생각하기 시작했다. 남자들은 무조건 가장이기 때문에 무조건 가장이 아닌 여자들이 먼저 일을 그만두는 것이 합리적이었다. 어떻게든 시대와 불화하지 않으려고 친구들은 결혼을 택했다. 우디 앨런의 말처럼 인생은 공포 아니면 불행이었다. 불행해서 다행이라고 나는 생각했다.

성인이 된 후, 오로지 나의 경제력으로 확보해야 한다고 생각한 세 가지가 있었다. 나만의 공간, 보고 싶고 듣고 싶은 것을 참지 않아도 좋을 문화적 여유, 기동력을 발휘할 자가용 승용차. 그것이 남자를 갖는 것보다 우선이었다. 그러나 나는 이미 경제적 능력을 잃었으므로 그 세 가지는 고사하고 목구멍에 풀칠할 걱정부터 해야 했다. 능력 있는 누군가를 만나야만 했다. 그런 내게 남자는 밖에서 일하고 여자는 안에서 살림해야 한다는, 가장 경제적인 생산 방식인 분업이 당연시되는 사회에 산다는 것은 큰 축복이었다. 그리고 그렇게 살기로 결심했다면 그런 사회가 내게 주는 여자로서의 덕목에 충실해야 했다. 그것은 운명이었다.

아무리 반항해도 운명이 써놓은 소설의 끝을 바꿀 순 없는 것이다.

화려한 싱글

문예창작과 입학 동기인 H는 소설가였다. 학교 다닐 때, 소설 쓰는 것은 고사하고 그녀가 수업에 참석하는 것도 나는 제대로 본 적이 없었다. 그녀는 오히려 동아리 활동에 더 열심인 듯했다. 국토 사랑 모임, 서법 연구회, 지점토 공예, 록밴드, 불교 학생회, 심지어는 댄싱팀까지, 그녀가 열심히 쫓아다닌 동아리만 해도 열 개가 넘었다. 같은 과였음에도 불구하고 강의실이 아닌 영화제작 동아리방에서 우리는 처음 만났던 것이다.

막 방송국에 입사했을 무렵 그녀가 신춘문예에 당선했다는 소식을 들었다. 그때 그녀는 4학년이었다. 2학년을 마친 후 일년간 휴학을 했었기 때문이다. 그녀를 딜레탕트 기질을 지닌 건달쯤으로 여겼던 나는 솔직히 충격을 받았다. H에게 글쓰기에 대한 자의식이 있으리라곤 조금도 상상하지 않았다. 그러므로 등단작이 은퇴작이 될 게 뻔한 그녀에 대해서 진심으로 연민을 느낀 적도 있었다. 내가 연민을 느끼든 말든 H는 아랑곳하지 않고 꾸준히 작품을 발표했지만서도.

우리는 가끔 만나서 차도 마시고 밥도 먹고 공연도 보았다. 비용을 지불하는 것은 언제나 H의 몫이었다. 『무궁화꽃 피고 지고』 같은 베스트셀러를 쓴 것도 아니니 H의 원고료 수입은 보지 않아도 빤했다. 알면서도 나는 단돈 천원도 쓰지 않았다.

그러는 게 당연하다는 생각까지 들었다. 먹고살기 위해 최선이 아닌 차선을 택했다고 우리가 아쉬운 소리를 할 때, 먹고살기도 어려울 H는 결코 아쉬운 소리를 하지 않았기 때문이다. H와 있으면 나는 그저 그녀의 소설에 들어갈 재료에 불과한 것 같았다. 언젠가는 나를 닮은/닮지 않은 모습으로 저 건달의 소설 속에 서 있을지도 모른다고 생각하니 끔찍했다. 내 인생에서의 진짜 같은 가짜는 남자와 결혼한 사실 하나만으로도 충분했다.

어느 날, 마침내 그녀도 내게 아쉬운 소리를 했다. 방송국에서 편집 과정을 지켜보고 싶다는 것이었다. H는 '만남'을 테마로 한 소설 한 편을 청탁받은 상태였다. 방송 프로그램 편집 화면에 등장하는 한 여자와 소설 속 화자가 현실에서 만나는 또다른 여자에 관한 이야기를 구상하고 있다고 H는 말했다. 두 여자 중 한 명은 관상어를 판다고 그녀는 덧붙였다. 숨겨둔 애인의 정체를 폭로라도 하듯 은밀하게. 그들이 결국 모두 만나긴 하느냐는 내 질문에 그녀는 대답하지 않았다. 자기가 바라는 것을 얻기 위해 그녀는 최소한의 예의만 보일 뿐이었다. 분명히 내가 도움을 주는 건데도 더 물어보면 나만 구차해질 것 같아 그만두었다. 소설에 관한 한 H의 어법은 언제나 그랬다.

그녀는 서울 근교에 자기만의 공간을 갖고 있었다. 원고료로 방세를 지불하기도 힘들 텐데, 불가사의한 일이었다. 어쩌면 돈 많은 유부남을 여럿 사귀고 있는지도 모르겠다. 아예 결혼할 생각이 없다면 그리 불가능한 일도 아니리라. 더더구나 H

라면, 소설을 쓰기 위해 그보다 더한 일도 마다하지 않을 것이다. H의 그런 면이 나를 불편하게 한다.

나는 H를 데리고 교양제작국에서 PD로 일하는 선배를 찾아갔다. 마침 편집실에선 〈강을 건너온 여자들〉이라는 르포물을 편집하고 있었다. 굶주림을 견디다 못해 강 건너 타국에 불법 체류한 여자 동포들을 취재한 것이었다. 여자들이 강을 건너와서 하는 일은 단란주점 종업원, 현지처와 같은 변형된 매춘이었다. 〈강을 건너온 여자들〉은 그런 사실—어쩌면 사실이 아닐지도 모른다. 아무리 르포라 해도 사실만 가지고 프로그램을 만들지는 않는다. 이것은 방송가의 공공연한 비밀이다—을 선정적으로 나열하느라 바빴다. 편집 담당 선배는 모자이크 처리를 해서 여자들의 얼굴을 감추었다. 스무 살쯤 된 여자가 노래방에서 〈소양강 처녀〉를 불렀다. 중년남자들이 박수를 치고 남자들과 짝을 지어 앉은 여자들이 탬버린을 흔들며 박자를 맞췄다. 또다른 장면. 수도가 본거지인 사업가의 현지처라는, 나와 동갑의 여자가 긴 목을 꺾고 눈물을 흘렸다. 어머니와 동생들은 강을 건너지 못했다고 울먹였다. 그녀들이 건너왔다는 강의 저편에 대해서 나는 잘 모른다. 〈똘이 장군〉 같은 만화영화가 그 땅에 대해 내가 받은 교육의 전부였다. 그래서인지 강을 건너온 여자들에게서 어떤 현실감을 느끼기가 몹시 힘들었다.

"선배, 저 여자 정말 강 건너온 여자 맞아요?"

"그러니까 모자이크 처리하지. 말투 들어보면 몰라?"

"그런데 저 여자…… 예전에 강가에서 굶어죽은 여자랑 똑같이 생겼어요. 둘 다 배우죠? 프로그램 만들려고 훈련시켰죠?

그쵸? 솔직히 말해봐요, 선배."

"애가 큰일날 소리하네. 이게 무슨 〈트루먼 쇼〉냐? 한동안 놀더니…… 너, 방송에 대해 냉소만 늘었구나."

선배의 말이 끝나기가 무섭게 H의 시선이 내게로 왔다.

그런 줄 몰랐어. 그녀의 시선이 말하고 있었다.

개편을 이유로 그때 나는 실직중이었다. 하지만 H는 계속 소설을 쓰고 있었다.

계급

Y를 처음 보았을 때의 내 기분을 어떻게 설명할 수 있을까.

가량가량한 체격의 Y는 결코 미인이 아니었다. 세련된 매너나 청산유수 같은 화술을 자랑하는 것도 아니었다. 화장기 없이 까칠한 얼굴은 그녀가 고달픈 삶을 살고 있음을 암시하기에 충분했다. 그런데도 Y는, 그녀를 처음 본 바로 그 순간, 내 속으로 뛰어들어왔다. 금방이라도 귀에 익은 노래를 연주할 것만 같은, 풀피리같이 가늘고 긴 그녀의 목을 볼 때마다 나는 아련한 그리움에 젖는 것이었다.

그녀는 겨드랑이에 물이 닿을 정도로 수족관 깊숙이 양팔을 집어넣고 있었다. 장난기 많은 금붕어가 주둥이로 팔을 건드리거나 지느러미가 손가락을 스칠 때마다 그녀는 오르가슴에 도달하기라도 한 듯한 표정을 지었다. 금방이라도 목 긴 새가 되어 날아가버릴 것처럼 아슬아슬한 그녀의 모습을 보자 귓속 깊이 불을 지른 듯했다.

"물고기가 하는 말, 알아들을 수 있어요?"

Y가 말했다.

"글쎄요."

물고기의 현란한 색깔이 먼저 눈에 들어왔다. 나는 빛이 말을 걸고 있다고 생각했다. 그러나 단박에 그 말을 알아들을 수는 없었다.

"짝사랑에 빠진 사람처럼, 지치지도 않고 세레나데를 부르는 것 같군요."

한참이 지나서, 나는 겨우 그렇게 대답했다. 내가 물고기라면 아마 그랬을 테니까.

"와우, 그 정도면 멋진걸요."

주인도 아니고 겨우 직원이면서 장사를 그런 식으로 하는 사람은 처음이었다. H가 말한 '관상어 파는 여자'가 Y임을 나는 직감으로 알았다. 언제부터인가 나는, 그토록 끔찍해 마지않았던 H의 소설 속에 들어와 있는지도 몰랐다. 설사 그렇더라도 Y와의 만남을 없던 일로 해야겠단 생각은 추호도 없었다.

나보다 한 살 아래인 Y는, 내가 결혼했다는 이유만으로 부신 눈으로 나를 바라본 유일한 여자였다.

"언닌 정말 능력 있어. 누군 하고 싶어 죽겠어도 못한 일을 아주 간단하게 해버렸잖아."

정말 부럽다는 투로 Y는 말하곤 했다. 그러나 결혼식을 떠올리면 지금도 나는 옷밖에 생각나지 않는다. 신랑을 입은 연미

복이 입장하고, 아버지를 긴 장갑을 붙들고 신부를 입은 웨딩 드레스가 등장하고, 주례 선생님을 입은 양복의 주례사를 듣고, 하객을 입은 옷들 사이로 퇴장하고…… 예복이 사람을 입었던 것 같은 이상한 하루.

"능력 있으면 혼자 살아야지, 우아하게. 내가 뭘 하든 간섭하는 사람도 없고 의무와 책임에 짓눌릴 필요도 없으니…… 좋잖아. 혼자면 조금 외로울 수도 있겠지만 뭐 애인을 여럿 두면 해결되지 않겠어? 그런다고 누가 뭐라 그러지도 않을 테니까."

나는 H를 떠올리고 있었다.

"혼자 산다고 해서 꼭 언니가 말한 것처럼 될 수 있을까?"

"그렇게 못 살 것 같으면 결혼해야지. 혼자 사는 즐거움이 뭔데."

나는 이번엔 나를 떠올리고 있었다.

"언니, 왕가위 감독 알지? 영화 프로에서 작가했었다니까 알겠네."

Y는 뜬금없이 왕가위 얘기를 꺼냈다. 나는 양팔 저울에 올려놓고 무게를 견주어보고 있던 H와 나를 얼른 저울에서 내려놓았다. 나는 왕가위를 좋아했다. 고독하면서도 화려한 감수성이 흘러넘치는 그의 영화들…… 나는 그의 영화처럼 살고 싶었다.

"그럼, 굉장히 좋아하는걸."

"그럴 줄 알았어. 나는 좋아하고 싶어도 잘 안 되더라. 그 사람 영화에선 나 같은 여점원도 꽤나 화려하던데…… 지금 내 수입, 시골집에 안 부치고 내가 다 써도 그 영화처럼은 못 살 것 같애. 홍콩에선 여점원이 괜찮은 직업인가? 언닌 자꾸 능력 없으면 결혼한다고 말하지만 결혼할 수준의 능력이 안 돼서 혼자 살 수도 있다는 건 왜 몰라? 아, 내 나이도 벌써 12월 25일이건만……."

"12월 25일? 그게 나이야?"

"여자는 크리스마스 케이크와 같은 신세라잖아. 23, 24일에 제일 잘 팔리고 25일에도 그럭저럭 팔리지만 25일이 지나면 거저 줘도 안 가져가는, 크리스마스 케이크. 내 나이는 크리스마스 케이크를 팔 수 있는 마지막 날이란 말이지. 단 한 번도 나는 독신을 생각해본 적이 없어. 언니가 말하는 그 능력이라는 게 있어도 혼자 살고 싶지 않아. 능력이 없어서 결혼한다는 말도 솔직히 사치로 들려."

Y는 뜻밖에 진지했다. 나는 아무 말도 할 수가 없었다.

"사람과 사람이 같이 사는데, 능력이 있느냐 없느냐는 중요한 문제가 아닌 것 같아. 절실히 누군가와 같이 살고 싶은 마음이 있다면 살아야지 어떡해? 언니는 능력 없어서 결혼했다 그러고, 나는 능력 없어서 혼자라고 하고…… 우린 정말 한 쌍의 바퀴벌레처럼 천생연분인 것 같다."

자신 명의로 된 집을 소유하고 있어야 하고 월수입도 몇백 이상이어야만 가입할 수 있는 독신자 클럽 얘기를 해주면 Y는 어떤 표정을 지을까. 독신에의 꿈은 풍선처럼 공허하게 내 머릿속에서 부풀어 있었다. 혹독한 현실의 독신을 견뎌야 하는 Y의 한마디 한마디가 날카롭게 나를 찔렀다. 그녀에게 독신은 삶의 한 방법이라기보단 계급에 가까웠던 것이다. 신종 프롤레타리아, Y. 그녀는 혁명을 꿈꿀까? 그녀가 받아주기만 한다면 나는 그녀의 남편이라도 되고 싶었다.

Y의 긴 목에 시선을 박았다.

풍선이 터졌다.

긴 목으로 매듭을 풀다

내 기억 깊은 곳엔 목이 긴 여자가 살고 있다.

그녀는 결이 고운 머리를 언제나 틀어올리고 있었다. 그래서인지 그녀가 움직이면 언제나 목부터 보였다. 잘 감긴 현처럼 긴장된 그 목을 보고 있으면 덩달아 내 마음 어딘가가 푸르륵 떨렸다.

"목이 저렇게 생기면 징그러운 사람이래."

내 또래였던 옆집 아이는 그렇게 말했다. 옆집 아이는 텔레비전에서 남녀가 입을 맞추는 장면을 보고도 징그럽다고 표현했다. 아마도, 야하다거나 섹시하다는 표현을 그렇게 한 것 같다. 그 당시 우리 나이는 일곱 살 아니면 여덟 살이었을 것이다. 우리에게 성은 아직 금지된 세계였다. 하지만 아무리 금지되었다 해도 본능적으로 우리는 그런 세계가 있다는 것을 알고 있었다.

긴 목은 구멍가게 주인이었다. 좁은 길 하나를 사이에 두고 그녀의 가게와 마주하고 있는 또다른 구멍가게가 있었는데 거기 주인은 애를 넷이나 낳은 아줌마였다. 둘의 나이가 엇비슷하다고 들었지만서도 내 눈에는 긴 목 쪽이 훨씬 젊어 보였다. 애가 넷인 아줌마는 자기 가게 앞을 빗자루로 쓰는 척하면서 쓰레기를 몽땅 긴 목의 가게 앞으로 보내는 것을 취미로 했다. 긴 목은 두말 없이 그 쓰레기를 다 치웠다. 그녀가 아줌마의 취미생활에 제동을 거는 일은 결코 없었다.

"아유, 저 여우. 어디서 굴러먹다 왔는지 몰라."

그랬어도, 긴 목에게 돌아가는 것은 언제나 비난뿐이었다.

동네 남자들은 대부분 긴 목의 가게에서 물건을 샀다. 괜히 물건값보다 더 많은 돈을 내고 가려는 남자들도 많았다. 그러면 긴 목은 아예 물건값을 안 받아버렸다. 몰래 몸을 만져보려는 남자도 있었다. 손 치워요. 긴 목은 단호했다. 머쓱해진 남자가 나간 뒤, 긴 목은 라면 박스 뒤에 숨어서 소리도 내지 않고 어깨만 떨며 조금 울었다. 진드기처럼 달라붙는 남자에게 따귀를 올려붙였다가 되레 멍이 들도록 맞은 적도 있었다. 그래도 남자 손님은 줄지 않았다.

옆집 아이 말대로 정말 '징그러운' 여자일지도 몰라.

그런 생각을 하면서도 나는 꼭 긴 목의 가게만 갔다. 간장병에 간장을 채우고 소쿠리에 콩나물을 담느라 활처럼 휘어진 그녀의 목덜미를 깊이깊이 바라보았다.

긴 목이 얼마나 '징그러운' 여자인가는 오래지 않아 밝혀졌다.

그 당시 우리집은 우물을 중심으로 한 안채와 대추나무를 중심으로 한 뒤채로 나뉘어 있었다. 뒤채엔 젊은 여자가 세 들어 살고 있었다. 그녀는 갖가지 재질의 끈이나 실을 꼬아 다양한 매듭을 만든 후 그것들을 일정하게 배열하고 엮어서 각종 장식품을 만드는 일을 했다. 모빌처럼 천장에 매달 수 있는 화분 받침대부터 목걸이나 머리핀 같은 자잘한 장식품까지, 매듭만으로 그녀는 모든 것을 만들었다. 나와 옆집 아이는 자주 매듭의 방에 가서 놀았다. 거기에는 긴 목의 가게 못지않게 과자며 사탕이 널려 있었다. 긴 목의 가게였다면 값을 지불해야 할 것을 우리는 공짜로 먹는 행운을 누렸다. 과자가 널려 있었음에도 불구하고 매듭의 방에선 언제나 오이 냄새가 났다.

매듭은 자신이 만든 장식품 중에서 가장 잘된 것은 나와 옆집 아이에게 주고 그저 그런 범작을 내다 팔곤 했다. 나는 매듭이 준 물건들을 책상 서랍 깊숙이, 비밀처럼 숨겨두었다. 어렸지만, 과자나 얻어먹으려고 매듭에게 간다고는 생각하지 않았다. 나는 매듭의 방에서 나는 오이 냄새를 맡고 싶었다. 냄새를 맡으면 언제나 몸이 가닐거렸다.

대추나무에 열매가 열리기 시작하던 무렵이었다.

아직 새파란 대추에 조각칼로 그림을 새겨넣는 일을 나는 아주 좋아했다. 그날도 옆집 아이와 나는 소쿠리 가득한 파란 대추에 몽땅 그 짓을 했던 것 같다. 그러다가 싫증을 느꼈을 때, 우리는 집 안에 아무도 없다는 것을 깨달았다. 와락 무섬증이 들었다. 옆집 아이와 나는 매듭을 찾아갔다. 그보다 더 당연한 선택은 있을 수 없었다.

"나만 강을 건넜어. 내 동생이 무섭게, 서럽게 울었지만 강을 거슬러 갈 수가 없었어. 그때 그애 얼굴은 찬바람에 온통 터져 있었는데…… 너무 울어서…… 짠기에 얼굴이 없어져버렸을

지도 몰라."

하지만 우리는 평소처럼 아무 거리낌 없이 매듭의 방문을 열지 못했다. 방에는 다른 손님이 있었다. 손님은 혼잣소리처럼 끝없이 말을 해댔다. 슬픈 목소리였다. 매듭은 대꾸 없이 으허으허, 알 수 없는 신음만 토해냈다. 보고 싶다, 보아선 안 된다는 감정 사이에 놓인 외줄을 밟으며 우리는 도둑고양이처럼 창문이 있는 쪽으로 자리를 옮겼다. 외줄이 위태로이 흔들렸다.

커튼 사이로 두 여자가 알몸으로 엉켜 있는 것이 보였다. 끈이나 실이 아닌, 사람의 몸으로 만드는 매듭은 어떤 모양일까. 그 매듭을 가지고 만들 수 있는 장식품은 어떤 것일까. 엎드린 채로 흐느적거리고 있는 여자의 뒷목을 매듭이 혀로 핥고 있었다.

"네 얼굴을 이리 줘."

엎드려 있던 여자가 갑자기 몸을 뒤집고 자세를 바로 하더니 두 손으로 매듭의 턱을 감싸쥐었다. 그녀의 혀가 매듭의 이마에서 턱끝까지를 순식간에 일직선으로 관통했다. 아, 그녀는 바로 긴 목이었다. 옆집 아이는 거의 울 듯한 표정이었다. 갑자기 오줌이 마려웠다. 수많은 원을 그리며, 하늘이 내 머리 위에서 빠르게 돌았다. 순식간에 대추 열매가 붉게 물들었다. 어디선가 화살 같은 바람이 불어와 대추나무를 흔들어댔다. 후드득 후드득 대추가 떨어지고, 뒤란은 온통 핏빛이었다.

나는 비밀처럼 숨겨두었던, 매듭이 내게 주었던 장식품을 몽땅 내다버렸다. 책상 서랍은 비밀이 숨어 있기엔 위험한 장소였다. 진짜 비밀을 나는 마음의 맨 밑바닥에 묻었다. 나조차도 꺼낼 수 없도록, 깊고 깊은 곳에. 과자를 먹거나 냄새를 맡기 위해 나는 더이상 매듭의 방에 놀러가지 않았다. 옆집 아이가 또래 아이들과 옷을 다 입은 채로 사타구니를 맞대고 있는 장면을 가끔 목격하기도 했다. 어느새 내 몸에서도 오이 냄새가 나고 있었다.

한 남자가 매듭을 찾아왔다. 그 일이 있기 전에도 가끔씩 들르곤 하던 남자였다. 그러나 예전에 그가 찾아왔을 때와는 분위기가 사뭇 달랐다. 그와 매듭은 언제나 심하게 다투었다. 그런 싸움이 여러 날 계속되자 매듭은 비스킷처럼 깡 말라버렸다. 살짝 건드리기만 해도 그대로 부서져버릴 것 같았다.

"현영아, 어제 그 아저씨가 또 찾아오면 언니 없다고 전해라. 시골집에 내려갔다고 해. 알았지?"

그녀는 땅콩 크래커를 내 주머니에 넣으며 속삭였다.

"오늘만요?"

"글쎄…… 그래, 우선은 오늘 하루면 될 거야. 그래줄 수 있지?"

"가게 아줌마한테도요?"

"……응, 가게 아줌마한테도."

매듭은 한참 머뭇거리다가 힘없이 말했다.

"알았어요. 근데 나 이제부턴 과자 먹으면 안 돼요. 이 썩는다고 엄마한테 혼나걸랑요."

나는 매듭이 주머니에 넣어준 과자를 도로 꺼내놓았다.

"현영이가 다 컸구나."

매듭은 쓸쓸히 웃었다.

그날, 나는 헌병처럼 뒤란을 지키며 매듭을 찾는 사람들을 따돌렸다. 남자는 서너 번의 헛걸음질에 지쳤는지 그날은 더이상 찾아오지 않았다. 그러나 긴 목은 내 말을 믿지 않는 눈치였다. 묵묵히 발걸음을 돌리긴 했지만 계속 매듭의 방 주변을 맴돌았다. 오히려 내가 감시받고 있는 기분이었다. 긴 목에게 이실직고하고 감시에서 벗어나고 싶었다. 매듭과 긴 목 사이에서 영원히 거치적거리고도 싶었다. 어찌나 마음이 왔다갔다하던지, 도무지 가라사니를 잡을 수 없는 하루였다. 종일 불안에 떠느라 일몰쯤 해선 나는 거의 신경쇠약 직전에 이르렀다. 긴 목도 나와 비슷한 상태인 모양이었다. 마침내 그녀가 나에게 화를 내며 저돌적으로 매듭을 향해 돌진했다.

"안 돼요, 아줌마!"

"저리 비키지 못하니? 어린 게 뭘 안다구 어른들 일에 참견이야."

"언니 없다니까요."

나는 긴 목의 뒤를 허겁지겁 쫓아가며 소리쳤다. 나는 정말로 매듭이 사라졌기를 바랐다. 그리고 내 바람대로, 매듭은 사라지고 있었다. 방 안에 반듯이 누운 채 헐헐헐, 숨을 몰아쉬며.

매듭이 관에 실려 나가던 날, 찬비가 내렸다. 쥐약을 먹었다고 어른들이 수군댔다. 긴 목은 두 번이나 실신했다. 겨우 정신을 차리고 일어나면 또 사무치게 울었다. 마치 고장난 장난감 같았다. 그러나 아무도 고장난 장난감을 위로해주지 않았다.

긴 목의 긴 목이 더 길어졌다. 매듭이 사랑한 사람은 긴 목일까, 그 남잘까. 나는 그것이 몹시 궁금했다.

엄마는 죽은 여자가 준 장식품들을 몽땅 내놓으라며 나를 닦달했다. 눈에 보이는 것들을 버린 지 이미 오래라는 걸, 내가 간직하고 있는 것은 결코 육안으로 볼 수 없다는 걸, 엄마는 아직 몰랐다. 머리에 스웨터를 뒤집어쓴 채 비를 맞으며 나는 오래오래 대추나무 아래 서 있었다.

이산가족

몇 년 뒤, 긴 목은 아예 가게문을 닫았다. 동생을 찾는다는 내용을 도화지에 적어서 그것을 가슴과 등에 붙인 채 긴 목은 방송국 앞에서 살다시피 했다. 그녀는 샌드위치맨 같았다.

눈물 없이는 볼 수 없는 영화, 개봉 박두!

그녀들의 영화가 개봉할 때마다 사람들은 모두 텔레비전 앞에 모여앉아 부둥켜안고 울었다. 텔레비전 안과 밖의 풍경이 너무 똑같아서 누가 배우고 누가 관객인지 구분이 가지 않았다. 만날 사람은 만나야 한다고 어른들은 말했다. 아이들은 그 시절, 모두 똑같은 일기를 썼다.

마음속 에덴 동산

　식탁 위엔 조간 신문의 12, 13면이 펼쳐져 있었다. 그림자는 오늘도 거기까지 신문을 읽은 것이다. 나는 펼쳐진 신문을 접은 후 맨 끝 면부터 읽기 시작했다. 백화점 바겐세일을 알리는 전면 광고조차도 프랑스 자수라도 놓듯 꼼꼼히 읽었다. 가끔 볼펜으로 표시를 하거나 메모도 남겼다. 네 컷 만화, 사회면, 문화면, 연재 소설……을 넘어 TV 프로그램 안내에 이르자 볼펜은 더욱 바쁘게 움직였다. 역시, 직업은 못 속인다. 밤 11시 10분, 〈거꾸로 보는 뉴스─강을 건너온 여자들〉에는 꼭 봐야 한다는 뜻으로 별을 두 개나 그려넣었다.

　12면에는 어떤 시인이 금강산에 대해 쓴 짧은 글이 실려 있었다. 이제 우리는 금강산에 갈 수 있다고 한다. 그러나 내게 금강산의 이미지는 전설의 섬 이어도보다 막연하다. 그것을 소재로 한 〈그리운 금강산〉이란 가곡이 있다는 정도밖에 모른다. 그 곡을 작곡한 사람의 아들은 최성원이란 사람이다. 그는 록밴드 '들국화'의 멤버이고 수많은 곡을 만들었다. 〈매일 그대와〉란 곡도 그중의 하나였다. 그림자가 입사하던 날, 우리는 술에 취한 것도 아닌데 노래방엘 갔다. 무려 네 시간이나 노래를 불렀다. 새벽비 내리는 거리도 저녁노을 불타는 하늘도 우리를 둘러싼 모든 걸 같이 나누고파 우우 매일 그대와…… 마지막 노래를 부르는 그림자의 목은 잠겨 있었다. 잠긴 목으로 그림자는 나에게 프로포즈했다. 노래방에서 나왔을 땐 정말 비가 내리고 있었다. 운명이라고, 나는 생각했다. 주간지 기사처럼 통속적인. 그 당시 나는 정기 개편을 이유로 실업자가 된 상태였다.

그림자는 12면을 읽으며 무슨 생각을 했을까?

나는 12면까지 읽고 신문을 접었다. 그림자와 나는 언제나 12면에서 만난다. 그는 앞에서부터 12면까지 읽고 나는 뒤에서부터 시작해서 12면에 이르는 것이다. 12면보다 앞 면에 실린 기사에 나는 전혀 관심이 없었다.

그림자와 나는 둘 다 72년생 쥐띠, 동갑이다. 그러나 그림자는 나보다 한 학번 위의 선배였다. 그림자가 일학년 때 같은 학교, 같은 학번의 한 청년이 과잉 시위진압으로 인해 숨지는 사건이 발생했다. 그 학기 내내 모든 강의가 휴강이었고 교정은 언제나 구호와 최루 연기로 뒤덮여 있었다고 한다. 같은 시간, 나는 재수생 신분을 한탄하며 '봄날은 간다'고 읊고 또 읊었다. 이듬해, 내가 같은 학교에 입학했을 땐 어디서도 그런 흔적을 찾을 수 없었다. 그림자는 청년이 숨진 사월 내내 검은 옷을 입었다. 그림자를 질투했던가. 잘 모르겠다. 어쨌거나, 비 오는 날이면 민주광장은 아틀란티스 섬처럼 떠올랐다. 그림자는 지금도 사월이 오면 검은 옷을 입는다. 그러나 같은 시간에 나는 국제 영화제 시상식에 촉각을 곤두세운다.

같이 사는 동갑내기의 현실도 이 정도로 불일치하니 세대간의 불일치는 더 말할 것도 없을 것이다. 아니, 세대차라는 말 자체가 허위다. 전세계 인류가 모두 한날 한시에 태어났다 해도 그 누구도 같은 인생을 살 수는 없다. 결혼을 해도 닮은 인생을 살 수 없는 건 당연하다. 결혼이란, '매일 그대와'가 '매일 그림자와'로 바뀌어가는 과정을, 내가 그대를 그림자라고 부르기 시작했을 때 나 또한 그림자가 되고 마는 것을 속수무책으로 지켜보는 것일 뿐. 그림자의 프로포즈를 받던 날, 비를 맞으며, 내가 운명이란 말을 울컥 토해냈던 것은 그저 감상이 아니었다. 사람들의 마음속엔 저마다 에덴 동산이 하나씩 있다. 동산의 한가운데서 자라고 있는 아름드리 나무에 탐스런 열매가 열려도 사람들은 감히 딸 생각을 하지 못한다. 금단의 열매라는 소문에 중독되어. 세월이 흘러, 시들어 썩고 있는 열매를 보며 자신의 욕망대로 살지 못했던 사람들은 말할 것이다. 내 팔자, 내 운명이라고. 운명적 만남이니 사랑이니 하고 거창하게 떠들어대지만 운명이란 알고 보면 그렇게 시시한 것이다. 운명은 실재하지 않는다. 우리가 만나는 것은 운명에 대한 루머일 뿐이다.

마음속 동산에 철조망을 치고 내 스스로 접근금지 팻말을 달았기 때문일까. 그날의 비는 조의를 표하는 검은 깃발처럼 아직도 내 안에서 내리고 있다.

송어

Y와 춘천에 갔다. 먼산에서부터 가을이 오고 있었고 소양호의 물빛도 산을 닮아가고 있었다. 올해는 여름의 끝물에 이상하게 비가 많이 내렸다. 그래서인지 막 색을 입기 시작한 단풍빛이 썩 곱진 않았다. 어쨌거나, 그래도 가을이었다. 그 가을의

시작을 우리는 함께 건넜다.

청평사 입구에서 Y와 나는 현미로 빚은 술과 송어회를 먹었다. 뭐 먹을까고 물으면 Y의 입에선 언제나 송어회라는 말이 스프링처럼 튀어나왔다. 그럴 때 그녀는 아주 귀여웠다. Y는 송어야말로 사랑이 뭔지 아는 물고기라고 했다. 그녀는 물고기에 대해서라면 뭐든지 다 알고 있었다. 소나무 마디처럼 붉은 색이 선명해서 송어라는 이름이 붙었다는 것도 나는 그녀 때문에 알았다.

"언니, 송어 신랑이 누군지 알아?"

"송어도 신랑이 있니?"

"당연하지. 송어도 결혼을 해야 새끼를 낳을 거 아냐."

"사람이 사람하고 결혼하듯이 송어도 송어랑 결혼하겠지 뭐."

"하여간 언니의 상상력은 아주 썰렁하다니까. 그렇게 빤한 답이 나올 것 같으면 뭐 하러 물어본담. 하긴, 그런 언니를 알면서도 물어본 내가 잘못이지."

"잘못한 줄 알았으면 됐네. 그래, 신랑이 누구니?"

Y는 나 때문에 김이 좀 샌 것 같더니만 송어 얘기를 하면서 금세 생기를 되찾았다.

"송어는 가을의 신부야. 시월이 되면 송어 옆구리가 분홍빛으로 물이 든대. 사람은 웨딩 드레스를 그저 걸칠 뿐이지만 송어는 몸 자체가 예복이 되는 거라고 볼 수 있지. 준비된 송어의 옆에 설 준비된 신랑은 바로 산천어. 재밌는 건, 송어는 바다에 살고 산천어는 하천에 산다는 사실이야. 결혼은 신랑 동네에서 올리고 새끼도 거기서 낳는다고 하는군. 그리고 일 년 쯤 지난 후에 수컷이 된 산천어는 하천에 남고 암컷이 된 송어는 바다로 떠난다는 거야. 어때? 멋있지?"

"말도 안 돼. 네 말 들어보니까 하나는 바닷고기고 하나는 민물고긴 것 같은데 둘이 결혼을 한단 말야?"

"그러니까 정말 결혼이지. 백인백색인데 어떻게 똑같은 사랑, 똑같은 결혼이 나올 수 있다고 생각하는지 모르겠어. 그런 건 가짜야. 언닌 결혼을 너무 상투적으로 생각하는 것 같애. 그러니까 만날 영화에나 나올 법한 독신 타령이지."

그렇다. Y의 말이 맞을지도 모른다. 내가 바다에 산다고 해서 내가 그리워하는 누군가도 꼭 바다에 살아야 한다는 법은 없는 것이다. 진심으로 만나길 원했다면 나의 바다를 버리고 하천으로 갈 수도 있는 것이었다. 내가 먹고 있는 송어와 나의 살이 섞이는 행복한 착각에 빠질 수 있어서 송어회를 먹는 내내 나는 행복했다.

창 밖은 어느덧 짙은 어둠으로 덮여 있었다. 어둠 때문에 거울이 되어버린 유리창엔 횟집의 내부가 그대로 비쳤다. 나는 그 안에 들어앉은 Y를 바라보았다. Y는 줄곧 내가 그리워했던 산천어처럼 보였다. 그녀를 만나기 위해서라면 기꺼이 나는 현실을 버리고 그녀가 앉아 있는 유리창 안으로 들어갈 수도 있을 것 같았다. 그녀가 있는 곳이 설사 H의 소설 속이라 해도 상관없었다. 나는 그 누구의 소설에도 이끌려가지 않을 자신이 있었다. 잠시 후, 그녀와 나의 시선이 마주쳤다. 유리창 위에서, 아직은 불안하게. 우리는 한동안 그렇게 서로를 응시했다.

"언니 눈 속에 앉아 있는 기분이야."

Y가 말했다.

돌아 돌아, 버리고 버려, 현실이든 꿈이든, 어떤 식으로든, 만
날 사람들은 만나게 마련이다. 뭍이 그리운 바다처럼, 수많은
얼굴들이 파도를 일으키며 내 안으로 밀려왔다.

커밍아웃

〈강을 건너온 여자들〉을 보며 그림자와 섹스를 했다. 아니,
하려고 했다. 그러나 엘리베이터의 문은 여전히 열리지 않았
다. 모자이크 처리를 당해서 얼굴이 지워진 여자들이 TV 화면
에 떠다녔다. 돌연 변태적인 욕구가 솟았다. 나는 그림자를 내
몸에서 떼어내며 말했다.

"모자이크 뒤에 숨은 여자들의 얼굴을 나는 알고 있어."

그림자는 허공을 보듯 나를 보았다. 내가 그림자를 바라볼
때의 바로 그 눈빛이었다. 나는 정말 그림자와 결혼한 걸까. 결
혼은 정말 상투적인 것일까. Y는 정말 내 귓속 깊이 불을 지폈
나. 긴 목과 매듭은 정말 사랑했나. 이 모든 것이 정말 현실일
까. 혹시 나를 스쳐간 수많은 이미지에 불과한 건 아닐까. 수많
은 질문과 의혹이 아우성치며 달려들었다.

나는 운명이, 혹은 H가 써놓았을 소설의 끝을 바꾸어보기로
했다.

"나 지금 커밍아웃한 거야."

그림자는 들은척도 않고 다시 나에게 몸을 맞댔다. 그의 페
니스는 아침과 달리 아주 따뜻했다. 그러나 그것은 이미 내 것
이 아니었다. 언젠가 그림자가 사랑할 미지의 누군가의 것이었
다. 미지의 누군가는 그림자가 가진 따뜻함을 온전히 받아들일
수 있는 사람일 것이 분명하다. 그림자가 그 사람을 만나길 나
는 진심으로 바란다. 만날 사람을 만나지 못한 사람은 언제나
허공을 보며 환상 속에서 살 수밖에 없다. 기다림의 시간을 우
리는 견뎌야만 한다.

"점점 이상한 말만 하는구나. 도대체 왜 그러니? 우린 결혼
한 사이야."

그림자의 어조가 점점 절망적으로 변해간다. 하지만 우리에
겐 아직 희망이 있다.

한번도 나는 결혼하지 않았다.

내가 기다려야 할 얼굴들이 밀려온다.

그들에 대한 그리움으로 내 목이 점점 길어진다. 금강산이든
한라산이든 울릉도든, 그리운 그들이 있는 곳이라면 어디라도
좋다. 이 긴 목이 기꺼이 다리가 되어줄 테니까.

피스타치오를
먹는
여자

류소영

"대견하잖아요. 숨은 쉬어야 하니까 틈을

주긴 주되 결코 내 세계를 보이지 않겠다는

뚝심. 나는 밖을 다 헤아리고 있지만 밖은

나를 헤아리지 못하는 구조. 블라인드나 구

식 변소 아랫창처럼요. 이 피스타치오들이

야말로 그 이름에 걸맞은 피스타치오죠."

피스타치오를 먹는 여자

초봄이었고, 모든 것이 맑고 맑았다.

오랜만에 베란다의 창 너머로 늘 희미하게만 떠 있던 북한산의 모양새가 가는 4H연필로 그려놓은 것처럼 선명했다. 가끔 하, 하 숨을 고르게 맞춰볼 정도로 건조한 날씨였고 나는 미뤄둔 집 안 유리창 청소를 마쳤다. 맞은편 파출소에서는 참으로 오랜만에 경찰차 사이렌 소리를 내지 않았고 편두통은 다행히도 시작되지 않았다. 4월 2일, 김연두가 사라진 날의 풍경은 이러했다.

단정한 날, 4월 2일. 그녀는 하루 앞당겨 거짓말처럼 사라지지도 않았고, 혹은 하루를 늦춰 핏빛으로 사라지지도 않았다. 그녀는 매우 밋밋한 날 매우 밋밋하게, 실은 어쩌면 매우 치밀하게 날을 택하여 툭, 사라졌다.

　피스타치오.
　남미 쪽이나 혹은 이태리계의 건강하고 씩씩한 남자 이름
같기도 하고, 혹은 같은 쪽의 의류 브랜드 이름 같기도 한 그
것은 견과류 열매의 이름이다. 맥주집에서 마른안주를 주문하
면 땅콩, 멸치, 오징어채, 김, 말린 무화과 등과 함께 한 귀퉁이
에 담겨져 나오는 유사 땅콩. 은행알처럼 생겼으되 조개처럼
틈이 벌어진 껍질을 까고 나면 땅콩 껍질 같은 얇은 속껍질
속에 연녹색의 쭈글쭈글한 알맹이가 들어 있다. 간혹 보관 상
태가 나쁘거나 오래된 것들은 연녹색과 얼룩덜룩한 낙엽색이
반반씩 섞인 알맹이를 하고 있기도 하다.
　연녹색. 피스타치오의 색깔을 설명하기 위해 내가 동원할 수
있는 어휘는 그뿐이다. 다만 연두색과는 조금 다르다고 말할
수 있다. 연두가 녹색에 노랑빛이 감도는 느낌이라면 피스타치
오는 녹색에 단지 흰색을 조금 풀어넣은 빛깔을 갖고 있으니
까. 굳이 연결시키자면 외계인이 등장하는 공상과학영화에 외
계인의 몸 색깔로 자주 등장하는 바로 그 빛깔이다. 그런 빛깔
의 열매가 쭈글쭈글하기까지 하니 조금도 곱다는 느낌이 들지
않는다. 베이지색의, 통통하고 매끈한 땅콩의 면모에 비하면
피스타치오는, 목청 좋은 이태리계 테너가수를 연상시키는 그
이름과는 달리 후줄근하고 추하다.
　영어 철자는 pistachio. 발음 기호에 입각하여 한글로 비슷하
게 적어보자면 피스태쉬오우, 쯤 된다. 사전에는 이렇게 되어

있다. '1. 《植》 피스타치오 : 옻나무과의 일종. 2. 1의 열매.' 나무
이름으로는 무척이나 어색한 것이지만 피스타치오라는 나무도
있는 모양이었다. 제 이름자와 제가 가진 열매의 이름이 똑같
은 나무. 아니, 제 열매로 더 많이 알려진 나무. 그러므로 그의
일생은 불행하다. 나와 내 아이 이름자가 똑같고 그 아이가 훨
씬 유명한 꼴이다.

피스타치오. 이 못생긴 열매를 미친 듯이 좋아하는 김연두
라는 서른둘의 여자는 얼마 전까지 내 옆집에 살았다.
김연두가 이사 오던 날은 어느 여름날의 일요일이었고, 무
언가 시끄러운 소리가 나는 것 같아 나가보니 고집스럽게 생
긴 여자 하나가 땀을 뻘뻘 흘리며 이삿짐을 나르고 있었다. 여
름날이었고, 하필 한낮이었다. 혼자 살림인 것 같았지만 그렇
다고 해도 그 무더위에 돕는 사람 하나 없이 나를 수 있는 성
질의 것은 아니었다. 내가 나오는 걸 보았으니 이웃임을 알았
을 테고 당연히 반색을 하며 도움을 요청할 줄 알았는데 오히
려 여자는 움찔 놀라며 얼굴을 굳혔다. 괜히 휴일에 이사하는
바람에 재수 없이 들켰군, 하는 표정이었다. 깡마른 몸에 눈썹
이 유난히 짙은 얼굴이었다. 에어로빅 같은 걸 할 때 쓰는 원
색의 헤어밴드로 머리를 밀어 넘긴 모습이었고, 조그만 돛단
배가 그려진 감색의 반소매 티셔츠는 흠씬 땀에 젖어 있었다.
돛단배 아래도 젖었고 돛단배 위도 젖었으니 지금 저 배는 큰
파도를 만나 표류중인 셈이다. 여자는 숨을 몰아쉬며 내 눈길
을 피했고, 그렇게 나오는 바엔 나도 여자를 마주 볼 수 없었

다. 어지럼증이 몰려왔다. 여자의 등뒤로 여름 한낮의 햇살이 눈을 찔렀다.

여자의 잔뜩 경계하는 듯한 눈빛에 딴에는 주눅이 들어 말 한마디 붙여보지 못하고 나는 슬금슬금 집 안으로 기어들어왔다. 그러다가, 들어오는 걸음에 여자의 발을 보았다. 크고 못생긴 발. 여자의 발톱은 두 개 정도 반쯤 깨져 있었다. 유리 조각이나 조개 같은 발톱이었다. 그것이 여자와의 첫 만남이었다.

조용한 이웃이었다. 가끔은 괜히 섬뜩한 상상이나 불길한 느낌을 가져다줄 만큼 지나치게 조용한 이웃이었다. 그것이 반가운 것만은 아니었다. 나는 다섯 살 먹은 아들 하나를 키우고 있었고, 이사할 때마다 오히려 이웃이 적당히 시끄러운 사람이기를, 가능하면 비슷한 또래의 아이들을 키우는 사람이기를 바라곤 했다. 그녀는 우리 쪽에서 늘 행동을 조심하게 만들었고, 가끔은 악의 없는 호기심에 남편이나 아들을 조용히 시키고 옆집에서 나는 아주 작은 소음에 귀를 기울이게 만들었다.

김연두가 이사한 후 사흘인가가 지났을 때 나는 외출에서 돌아오는 길에 그녀의 현관문에 붙은 이런 쪽지를 발견하게 되었다.

〈자동차 없음. 일간지 두 가지나 보고 있음. 우유 싫어함. 교회 다닐 생각 없음. 학습지 배울 어린애 없음. 기타 구매하고 싶은 것 없음.〉

그날 저녁, 나는 여자의 집 초인종을 눌렀다. '즐거운 곳에서는 날 오라 하여도 내 쉴 곳은 작은~'. 그 익숙한 노랫소리는 마치 '니들이 아무리 날 괴롭히려 한들 내 머물 곳은 이곳, 이 곳뿐이야! 알겠어?' 하는 것 같았다. 김연두의 자유의사는 아니었겠지만 아무튼 그녀는 아주 그럴듯한 초인종 소리를 가진 셈이었다. 나는 한껏 부드러운 표정을 지으며 단춧구멍만한 렌즈를 사이에 두고 눈썹 짙은 여인과 마주 섰다. 무얼 어떻게 해보겠다는 생각도 없었지만 이상하게도 나는 긴장이 되는 것 같았다.

"누구세요."

질문의 어투가 아닌 항의의 어투였다. 그 목소리에는 당신은 도대체 누구인가, 저 쪽지를 보고서도 돌아설 줄 모르는 당신이란 작자는 도대체 뭐냐 하는 적의가 숨김없이 드러나 있었다.

"……저, 옆집 여자예요."

"……."

"옆집 사는 사람이라구요. 이사하는 날 잠깐 봤었죠, 왜."

"그런데요?"

그것이 여자와의 첫 대화였다.

여자의 이름은 김연두였다. 아하, 연두! 한글 이름이로군요, 라고 감탄하는 내게 여자는 아녜요, 한자 이름이에요 하고 무뚝뚝하게 대답했다. 그럼 연두색, 할 때 그 연두가 아닌 모양이군요. 그렇진 않아요. 그 연두 맞아요. 색깔 이름 연두. 부드러울 연에 콩 두. 하긴, 모든 어린 콩들의 색깔이 바로 그 연두다. 자라서 노랑도 되고 진보라도 되고 녹색도 되는 모든 어린 콩들. 김연두의 이름을 알고 나서 그저 호기심에 찾아보니 사실 우리가 알고 있는 대부분의 색깔 명칭들이 다 한자어였다. 분홍은 흴 분에 붉을 홍. 자주는 자색 자에 붉을 주. 초록은 풀 초에 푸를 록…….

초봄에 태어났거든요. 어머니가 여리고 고운 분이에요. 넷째 딸이라 애써 열성을 가지고 내 이름을 짓겠다는 사람이 없기도 했지만, 어머니가 우겨서 지었죠. 연두색같이 살라구요. 종갓집 넷째 딸이거든요. 건성으로라도 산모나 아기의 건강이나마 물어오지 않았다더군요. 어쨌거나 집안에 아기가 새로 태어났는데 서운함을 넘어서서 노기 띤 분위기였대요. 연두색…… 찾아오는 사람 하나 없이 뒷방에서 나를 안고 망연히 뒤뜰을 내다보는데 집안 분위기랑은 상관없이 계절은 빛났겠죠. 그래서 연두야, 연두야 했대요. 어머니가 나를 쳐다보며 자주 부르니 그게 내 이름이 된 거구요. 그 집구석의 모든 것들, 지금도 나이 팔십이 넘어서까지 전국의 유림들이 성균관에 모여 무슨 시답잖은 모임 같은 걸 하면 열 일 젖히고 달려가는 조부나 지금껏 나와 나눈 대화가 채 스무 마디도 안 될 조모, 하다 못해 그 집에서 나는 오래된 한옥 냄새나 순종적이기만 한 누렁이까지 그 집의 모든 공기, 모든 살아 숨쉬는 것들이 다 싫은데 난 내 어머니와 내 이름만은 미워하지 못하죠. 하긴, 이름같이 못 살고 있긴 하지만요.

여자의 일상에 개입하기까지가 쉽지 않았지, 그녀와 알고 지내게 되자 여자는 나를 편안하게 대했다. 다만 살가운 성격은 아닌지 그녀의 집에 놀러 가거나 해도 그녀는 제 할 일을 멈추고 나를 맞지는 않았다. 어질러진 책상 위를 치우면서 툭툭 말을 던지고, 심지어는 바지를 갈아입으면서 계속 말했다. 좀체 웃는 일이 없었고 내가 무슨 말을 하면 왜요, 그래서요, 말도 안 돼요라고 짧게 받아치는 경우가 많았다. 모든 것에 무심하고 가끔은 둔해 보이기까지 했지만 기억력이 비상했고, 맺고 끊는 일이 분명했다.

김연두의 직업은 디자이너였다. 맥주회사에서 맥주병의 라벨을 디자인한다고 했다. 단순한 일이에요. 맥주 맛의 특성에 따라 색조를 강하게 했다, 부드럽게 했다 하고, 또 쓴맛이 강한 유럽식 맥주일 때는 유럽식 분위기가 나게 하고, 한국형 맥주는 그냥 단순하고 깔끔하게…… 내 생각으로 밀고 나갈 때도 있지만 대부분 기본 방향은 정해지는 거죠. 물론 대략적인 분위기일 뿐이지만 지시가 떨어지기도 하구요.

맥주병의 라벨을 디자인하는 연두색, 연두라는 여자…….

"아참, 피스타치오 좋아하세요?"

이것이 김연두가 내게 던진 첫번째 질문이었다.

김연두와 피스타치오.

사실 나는 피스타치오를 몰랐다. 그렇게 생긴 땅콩 비슷한 열매가 있다는 것은 알았지만 그 이름이 무척이나 거창하게도 피스타치오, 라는 건 알지 못했다. 김연두는 그럴 줄 알았다는 표정으로 식탁 한 귀퉁이에 놓인 유리병을 가리켰다. 예쁜 유리병이었다. 보통은 모양 예쁜 사탕이나 종이학 같은 걸 담아두는. 그 속에 은행알같이 생긴 바로 그 피스타치오가 가득히 담겨져 있었다. 식탁 근처로 눈길을 돌리다가 그 밑에 놓인 휴지통을 슬쩍 쳐다보니 피스타치오 껍질이 수북이 쌓여 있었다.

"……좋아하세요?"

"글쎄, 땅콩이나 호도 같은 걸 잘 먹는 편이니까 그것도 맛있겠죠. 하지만 어떤 맛이었는지 별로 기억이 없어요. 누구 손님 초대할 일이 생겨야 조금 곁들여 사게 되지 일부러야 안 먹잖아요."

"그럼 지금 한번 먹어보세요."

"왜요?"

"맛이 깊어요. 땅콩같이 개성 없고 경박한 맛이 아니라구요."

예전에 없이 김연두는 눈을 빛내며 말한다. 그녀의 그런 모습을 나는 처음 보는 것 같다.

"하루에 얼마나 드시죠?"

"뭐, 대중없어요. 사실 굉장히 많이 먹는다고 할 수 있죠. 스스로도 좀 자제해야지, 느낄 정도니까."

"부작용 같은 건 없나요?"

"부작용이요?"

"그러니까 배탈이나 설사, 혹은 비만 같은……."

"저 녀석들 좋아하기 시작하고서 한동안은 그랬죠. 하지만 지금은 괜찮아요. 내 몸이 거기에 길들여졌나 봐요."

그녀 자체가 하나의 거대한 피스타치오가 되어가는 것이겠다. 그 알맹이에 노랑을 조금 섞으면 그녀의 이름자가 나오기는 한다. 하지만 '길들여짐'이라니. 게다가 '저 녀석들'이라니…….

"그건 그렇고 맛이 어때요?"

눈을 빛내며 말하기 시작하는 김연두 앞에서 혹시 그 알맹이들이 땅콩이나 별 차이가 없으면 어쩌나 싶어 몇 개 맛보고도 일부러 말을 돌렸는데 그녀는 놓치지 않았다.

"말 그대로네요. 땅콩보다 맛이 깊어요. 좋으네요."

그날 저녁 나는 피스타치오와 함께 피스타치오를 나눠먹은 뒤, 피스타치오 껍질을, 아니 피스타치오 알을 봉지 가득 얻어서 집으로 돌아왔다.

이거 넣고 베개 만들어 쓰세요. 다글다글 움직이는 소리도 듣기 좋고, 다른 베갯속보다 입자가 거친 편이라 좀 딱딱한데, 딱딱한 베개가 좋대요. 머리도 맑아지고. 나는 그 껍질들을 펼쳐놓고 앉아 책장 한 귀퉁이에 먼지를 뒤집어쓰고 꽂혀 있는 『데미안』이라는 책을 꺼냈다. '……새는 알을 깨고 나온다. 알은 세계다. 태어나려 하는 자는 한 세계를 파괴해야만 한다. 그 새의 이름은 아프락서스다…….'

이상한 밤이었다. 그것이 나와 피스타치오의, 그러니까 그 열매의 이름을 알게 된 후의 첫 만남이었다.

나는 김연두와 서서히 가까워지고 있었다. 정이 간다거나 사랑스러운 여자는 아니었지만 조금도 미운 구석이 없었고 편안했다. 내가 무슨 말인가를 어렵게 꺼내도 듣는 둥 마는 둥 무심히 넘어갔고, 다음에 그 얘기를 다시 꺼내도 아, 그랬었나 그런 얘기가 있었나, 하는 태도였다. 가끔은 서운하게 느껴지기도 했지만 나는 그런 식의 태도가 사람을 그토록 편안하게 만들 줄은 생각지 못했다. 무슨 얘긴가를 나누다가도 대화를 툭 잘라먹고, 다른 얘기로 비약해서 나아가는 게 김연두의 주 특기였는데, 이상하게도 불쾌하지는 않았다. 담백하고도 시원한 여인이었다.

나는 직장일 때문에 시간을 내기 힘든 그녀를 위해 가끔 피스타치오를 대신 사다 주기도 하고, 그녀가 새로 디자인한 라벨에 대해 비전문가로서, 소비자로서 평가를 내려주기도 했다. 그리고 우리는 김연두의 집에서 가끔 뭉쳤다.

"연두씨, 그런데 연두씬 왜 피스타치오를 좋아하죠?"

"예?"

"왜 좋아하냐구요, 이걸."

"아하, 그런 질문 너무 새삼스럽네요. 우선은 맛있어요. 일전에 말씀드렸듯이 땅콩보다 맛이 깊죠. 야생의 맛이라고나 할까…… 왜 열매 종류들이 세상에 많고 많은데 그중에 사람들이 먹을 수 있는 건 제한되어 있잖아요. 아마 식용으로 쓰지 않는 그 모든 세상의 열매들이 미처 여물기 전에는 다들 이런 맛을 낼 것 같애요. 조금 쌉쓰레하면서도 고소한. ……날콩 먹어보셨어요?"

"아뇨. 비린 맛이 나서 못 먹잖아요. 게다가 무슨 독도 있고."

"아주 날것은 그렇죠. 하지만 콩을 그저 살짝만 익히면 피스타치오 맛과 비슷한 맛을 내요. ……이유를 대자면야 많죠. 생긴 것도 맘에 쏙 들어요. 무슨 파충류의 알 같지 않아요? 알

속에 들어 있는 고 녀석을 보면 왜 색깔도 그렇고 쭈글쭈글하고. 게다가 이름은 좀 멋져요? 무슨 파충류라고 했지만 그 이름을 알고 나니 세상에 피스타치오라는 생물이 존재하는 것만 같아요."

나는 남미 쪽이나 이태리계의 사람 이름을 생각했는데, 그녀는 동물이란다. 그것도 파충류의…… 찬피동물, 김연두.

"아, 그리고 결정적인 이유는 이 껍질이 맘에 들어서예요."

"껍질이요?"

"예. 몸에 꼭 맞잖아요. 몸에 꼭 맞으면서도 은행알처럼 답답하게 막혀 있는 것도 아니고…… 이 녀석이 부러워요. 이렇게 몸에 꼭 맞는 집에서 숨구멍만 터놓고 살았으면 좋겠어요. 이 집은 너무 커요."

이 집이 너무 크다니…… 한 층에 네 집이 엇방향으로 붙어 있는 이 건물은 원룸식 주택이었다. 일인 주거 공간으로 도심에 인접한 오피스텔이 크게 인기를 모으자, 몇 년 전부터 주택가에도 하나둘씩 들어서기 시작한 전형적인 주거 전용 건물이었다. 열 평을 간신히 넘긴 이 집에는 미혼의 직장인들이 혼자 살거나 신혼 부부들이 살았다. 우리집처럼 어린아이 하나를 키우는 집이 드물게 있었고, 그런 집들도 아이 하나가 더 태어나거나 아이가 제법 자라면 서둘러 이사를 했다. 미혼의 직장인들이 많이 살아서인지 밤늦게까지 사람들의 소음이 여기저기서 가라앉지 않았고, 가끔은 "야 ○○아, 나야 어서 나와" 하는 술 취한 목소리가 건물을 뒤흔들기도 했다. 사람들의 들고남이 잦았고 늘 어수선했으며, 낮에는 무섬증이 들 정도로 조용한 곳이었다. 그런데 이 집이 너무 크다니······.

"사실 방 하나를 세놓는 집에 들어가 살려고 했는데, 그런 곳은 독립성이 없잖아요. 이 집은 독립성은 있으면서 내가 들어앉을 수 있는 가장 좁은 공간인 셈이죠. 그런데도 너무 커요. ······보세요. 이렇게 빈틈이 많잖아요."

김연두는 두 팔을 체조하듯이 휘휘 저으며 말했다. 알을 깨고 나온 사람, 김연두.

"그건 그렇고, 굉장히 조용하신가 봐요. 사실 연두씨가 열쇠로 문 여는 소리가 집에서도 들리거든요. 그런데 연두씬 집에 있을 적에도 거의 아무 소리를 안 내시는 거예요. 뭐, 일부러 의식해서 듣는 건 아니지만. 애도 있고 너무 조심스러워서······ 혹시 집에서 회사 작업을 계속하시는 거예요?"

"아뇨, 그럴 리가 있겠어요. 난 집에서는 철저히 쉬어요. 아이 때문에 조심하실 건 없어요. 난 사실 굉장히 시끄럽게 쉬거든요."

"예?"

"집에 들어오면 꼭 해치워야 되는 일만 끝내고 계속 음악 들어요, 헤드폰을 끼구요."

"혼자 지내는데 헤드폰은 왜요?"

"집이 너무 커서요. 헤드폰 끼고 눈감은 채로 음악 들으면 무슨 좁은 동굴 속에 들어앉은 기분이거든요. 멋져요."

알을 깨고 나온 종갓집 넷째 딸, 김연두. 동굴 속의 김연두. 김연두는 아까부터 녹차를 식혀서 스트로로 마시고 있다. 무슨 동굴의 법규 같다.

"저…… 아까부터 녹차를 스트로로 마시고 있는 거 알아 요?"

"아하, 이거요. 나 원래 모든 음료를 다 스트로로 마셔요. 어 릴 적부터의 버릇이죠. 사실 좀 그래요, 말하자면 눈물나는 버 릇이죠. 엄마 젖에 굶주려서 그래요. 딸만 계속 태어나니까 다 급해진 조부모가 출산을 재촉했대요. 젖을 빨리 떼야 임신할 수 있잖아요, 왜. 그래서 엄마 젖에 무척 굶주렸대요. 큰언니와 작은언니만 빼곤 우리들 모두 한 살 터울이에요."

"결국 아들이 태어났나요?"

"아뇨. 내 밑으로 여동생 하나를 더 두고 어머닌 몸이 약해 질 대로 약해지셔서 아이를 더 낳지 못하셨어요. 결국 작은집 에서 데려온 남동생이 우리들과 같이 자랐죠. 어머닌 그 약해 진 몸으로 그 아일 정성으로 돌보았구요. 끔찍한 집안이에요."

김연두는 녹차 잔에서 스트로를 빼내어 휴지통을 향해 신경 질적으로 던지며 말했다. 그러고 보니 김연두의 입 모양은 무 언가를 빨기 편하게 생긴 것 같다. 작은 입이지만 동그랗고 탄 력적이다. 피스타치오의 알을 닮은 입. 아직도 어미를 부르고 있는 것 같은 저 허기의 입, 애타는 입…….

"형제가 많으세요?"

"저요? 바로 위의 오빠뿐이에요. 적은 편이라고 할 수 있죠. 우리 나이대에는 보통 셋이잖아요."

"오빠만 하나. ……좋겠네요. 옳지, 칠 년."

김연두는 피스타치오로 공기놀이를 하는 중이었다.

"날렵하시네요."

"아녜요. 공깃돌이나 문방구에서 파는 플라스틱 공기로 하면 영 못해요, 손에 안 잡혀서요."

김연두는 피스타치오와 더불어 잘 놀았다. 그녀는 누군가와 대화를 나눌 때 그 사람의 눈을 바라보며 차분히 경청하는 편이 못 되었다. 김연두의 집에 들를 때면 그녀는 늘 무슨 일인가를 열심히 하며 내 얘기를 들었는데 가끔 할 일이 마땅치 않을 때면 피스타치오로 공기놀이를 하곤 했다. 그리곤 "아이쿠, 죽었네 죽었어" "아까 십칠 년이었으니까 이십일 년" 따위의 말들을 혼자 웅얼웅얼거리곤 했다. 공기놀이에 들어가기 전에 그것에 적합한 피스타치오 다섯 알을 골라내는 일은 언제나 신중하고 열의에 차 있었다. 때때로 장난기가 동하면 나도 피스타치오 놀이에 끼여들었다. 피스타치오 여덟 알이나 아홉 알을 펼쳐 보여준 뒤, 그것들을 흔들어 섞다가 두 손에 나눠쥐고는 김연두에게 각 손에 몇 알씩인지 알아맞히게 하는 것이다. 김연두는 무슨 소리를 듣는 것처럼 신중하게 손 가까이 귀를 붙이고 있다가 "왼손 셋, 오른손 여섯!"이라고 확신에 차 소리치곤 했다. 신기하게도, 그것은 곧잘 적중했다. 또, 김연두는 마음이 울적할 때나 무언가 초조한 일이 있을 때면 피스타치오 몇 알을 손에 넣고 손 근육을 풀어주는 운동을 하듯 천천히 그것들을 손 안에 굴리며 방 안을 서성이곤 했다. 가끔은 두 손 안에 피스타치오 몇 알을 넣고 기도하듯이 손을 모아 가슴께에 올리고는 찰찰찰 흔들기도 했다. 어딘지 모르게 결연하고, 또 가끔은 주술적으로 느껴지는 풍경이었다. 찰강찰강, 찰강찰강.

"삼십 년, 끝. ……가세요."

"예?"

"이만 가시라구요. 할 일이 많이 쌓였어요. 밀린 잠도 자야 하구요."

졸음 섞인 그녀의 눈꺼풀 위로 동굴의 불이 꺼진다. 꿈 한 조각 끼여들지 않는 단잠을 잘 수 있을 것 같은 밤이었다.

김연두는 자주 늦었다. 언제 한번은 퇴근 시간이 불규칙하시네요, 라고 딴에는 꽤나 조심스럽게 물어본 적이 있었는데 그녀는 뭐 직업상, 이라고 짧게 대답했다.

알고 보니 그녀는 새로운 상품이 출시되면 그 상품을 홍보하고 또 새 라벨에 대한 반응을 알아보기 위해 시내의 큰 맥주집에 들러야 하는 모양이었다. 맥주집에 들러 주로 사람들이 우르르 모여앉은 그룹팀들을 중심으로 테이블을 돌며 분위기를 깨지 않는 선에서 정중하고 짧게 몇 가지를 묻고, 또 구석 테이블에 혼자 앉아 맥주 두어 병을 비우며 종업원을 상대로 홍보 활동도 펼친다는 것이었다. 동료들은 그것이 근무의 연장이기 때문에 따로 활동비가 지급되는 일이면서 시내에 나가 가볍게 바람도 쐴 수 있는 일이라 환영하는 편이지만 김연두는 그다지 좋아하지 않았다. 그녀는 가끔 주 홍보 장소인 밝고 탁 트인 시내의 대형 주점이 아니라 록 음악을 크게 틀어주는 컴컴하고 작은 맥주집에 들른다고 했다. 그리고는 그저 홍보 대상인 맥주 두 병을 시키고, 술을 들고 오는 종업원에게 "아저씨, 이거 말이죠, ……잘 부탁합니다" 하고는 음악 소리에

귀가 얼얼해질 때까지 앉아 있다가 영수증만 정확히 챙겨서 나온다고 했다.

김연두의 술집 다니기는 좀 재밌는 데가 있었다. 그녀는 술을 시킬 때마다 늘 "○○맥주 두 병하고 마른안주! 마른안주는 피스타치오 위주로 담아줘요"라고 주문한다고 했다. 피스타치오가 무언지 모르는 종업원이 있다고 해도 그녀에게는 별 문제가 아니다. 그녀의 주머니에는 언제나 대여섯 알의 피스타치오가 무슨 상비약처럼 다정하게 들어 있으니까. "예?" 하고 어정쩡하게 되묻는 여드름쟁이나 무스쟁이나 스포츠머리가 있으면 그녀는 주머니에서 녀석들을 꺼내어 그 종업원의 얼굴 앞에 바싹 들이밀어준다.

"이거 말이에요. 주방에 가서 요령껏 설명해줘요. 아니면 직접 찾아서 담든지."

그녀는 아마도 꽤 피곤한 손님일 것이다. 내가 종업원이라면 그 당돌한 여자가 무척 미울 것 같다. 이상한 땅콩을 찾는 노처녀라니, 그러니까 술집에 혼자 들어오지…… 게다가 술집에서 스트로는 왜 찾어, 골때리네 진짜…… 김연두는 남이 나를 어떻게 생각할까를 조금도 헤아리지 않는다. 그런 사람을 많이 보아왔지만 모두들 그녀만큼은 아니었다. 김연두는 행위예술가가 되거나 스포츠맨이 되었어야 했다. 유도나 축구 같은 여성 기피 종목의.

오늘도 김연두는 늦는다. 그녀를 일부러 기다리거나 해본 일은 없었지만 오늘은 사정이 달랐다. 내가 알게 된 새로운 여자, 새로운 피스타치오에 대해 알려야 한다. 나는 집안일을 서둘러

끝마치고 밖에서 나는 소음에 귀를 기울인다. 기대는 어긋나지 않았다. 화가 난 것처럼 재게 발을 움직이는 저 소리는 김연두의 것이었다.

"꽃샘추위라더니 정말 드럽게 춥네."

김연두는 왠지 잔뜩 부은 얼굴이다. 평소와는 달리 피스타치오 봉지를 내밀어도 반가워하지 않는다. 반가워하기는커녕 한동안 복잡한 눈길로 봉지를 물끄러미 바라본다.

"가엾은 것들……."

피스타치오 말인가.

"무슨 일 있었어요?"

"아녜요. 내가 자초한 거죠, 뭐. 평소에 이런 식으로 남들 대하고, 거지발싸개 같은 태도로 사회생활 하면 안 된다는 경고 같은 거. 사실 내가 못돼먹은 거야 나도 알죠. 언제고 이런 일이 생길 줄 알았어요. 내가 나쁜 애죠."

김연두는 바지를 벗어 바닥에 힘없이 툭 던진다.

"왜요? 무슨 일인데요?"

"오늘 상품 홍보차 술집에 갔었거든요. 종업원한테 피스타치오 달라니까 그런 거 이 집엔 없다는 거예요. 안주 당신이 담는 거 아니니까 일단 달라고 해봐라, 피스타치오 없는 집이 어딨느냐, 주방에서 정말 없다고 하면 순순히 땅콩이나 먹겠다, 그랬죠. 그랬더니 그 꼬마가, 많이 봐도 나보다 열 살이나 적을 그 꼬마가 이 여자 되게 딱딱거리네 그딴 거 없다니까, 이러잖아요. 나한테는 뭐라고 그래도 괜찮은데 그딴 거라니요, 지가 피스타치오에 대해서 대체 뭘 알아요. 기분이 개떡같았죠. 학교 다닐 때 어쩌다 어머니가 학교에 나타난 날 어떤 애가 우리 어머닐 보고 야 너네 할머니야? 그렇게 말할 때 드는 기분. 꼭 그런 거였어요. 너무 화가 나서 술잔을 들어서 그대로 바닥에 찍어내리듯이 던지고는 똑바로 일어나 출입문 쪽으로 나갔죠. 지배인 정도로 보이는 남자가 나를 막아서더군요. 그 남자한테 한 이십 분쯤 귀에 들어오지도 않는 훈계를 들었어요. 그러고는 술값에다가 술잔값 조로, 그리고 또 본의 아니게 소란을 피운 것도 있으니 일종의 무마 조로 삼만원을 더 내고 나와버렸죠."

"……."

"거지같은 날이었어요. ……그런데 이렇게 늦게 웬일이세요?"

"피스타치오 산 것도 전해주고요. ……그리고 연두씨한테 할 얘기가 있었는데, 그건 됐어요. 다 잊어버리고 푹 쉬세요. 나는 그만 갈게요."

"아녜요. 말해보세요. 난 누가 그런 식으로 운만 떼놓고 다음에 얘기하자 그러면 못 참아요. 나쁜 얘기 아니죠?"

김연두가 표정을 바꾸고 나를 바로 본다.

"그럼요."

"그럼 하세요."

"왜 내가 연두씨 바쁘니까 이거 대신 사러 옆동네 재래시장에 몇 번 갔었잖아요. 오늘까지 한 일곱 번쯤 될 거예요. 근데 갈 때마다 피스타치오만 사는 사람은 나 하나뿐이었죠. 그 집 주인까지 이상하게 생각하고는 물어볼 정도였으니까요. 이걸로 해먹을 수 있는 무슨 요리 같은 게 있느냐구요. 피스타치오 사러 갈 때 그 집에 손님이 나 하나뿐이거나, 아니면 이것저것 사다가 피스타치오도 두 줌 정도 곁들여 사는 다른 손님이 있곤 했죠. 그럼 나는 괜히 신이 나서는 한줌 더 사세요, 땅콩보다 훨씬 맛있어요 했구요."

"그런 말도 하셨어요?"

김연두가 슬쩍 웃으며 되묻는다.

"그러게요. 연두씨한테 세뇌당한 셈이죠, 뭐. 그런데 한 닷새 전쯤에 이거 사러 갔을 때 내 나이 또래로 보이는 어떤 여자가 피스타치오만 사가는 거예요. 놀랍고 또 너무 반가운 거 있죠."

"그냥 잊은 거 아녜요? 이것저것 사갔는데, 다시 장 보러 나왔다가 저것도 좀 곁들이면 괜찮겠다 싶어 샀을 수도 있잖아요."

"그래요. 나도 그렇게 생각하고 그냥 여자의 모습만 눈여겨봤죠. 그런데 오늘 그 여인을 다시 만난 거예요, 바로 그 가게에서요."

"그래서요? 오늘 또 사갔어요, 피스타치오?"

"예. 물론이죠."

"……."

웬일인지 김연두의 얼굴이 밝아지지 않는다.

"흥미롭지 않아요?"

"흥미요? 흥미라기보단 입맛이 써요. 그 여자도 이렇게 살거 아녜요. 술집에서 괜히 생돈 삼만원이나 더 내고, 자동차 없음 교회 다닐 생각 없음이나 써 붙이고……."

"……."

"혹시 다음에 그 여자 다시 만나거든 전해줘요. 피스타치오 끊으라구요. 이게 알고 보니 인생 조지는 거더라고요. 아주 진지하고 심각한 표정으로 그렇게 전하세요. 이 껍데기, 멋있게 보여도 아무것도 아니라고요, 똥폼이라고요. 이거 잘 먹는 여자 하나 아는데 아주 인간 말종이라고요."

김연두의 얼굴이 벌겋다.

"연두씨……."

"왜요?"

"됐어요. 지금 기분 나쁜 거 알아요. ……그렇다고 그렇게 자학하지는 말아요, 듣기 좀 그러네요."

"자학은요, 주제 파악이죠."

김연두는 피스타치오 봉지를 들어 식탁 위에 쿵, 소리나게 내려놓았다.

"가세요. 피곤해요."

날씨가 완연히 풀리고 있었다. 시장에는 달래나 냉이, 어린 쑥 같은 봄나물들이 나왔고, 친구 병문안을 위해 서울대병원으로 가는 길에 고가도로 아래로 내려다본 창경궁의 뜰은 신비롭고 또 신비로웠다. 눈으로 보기에 나무들은 아직 헐벗은 겨울나무 그대로였고, 그 어디에도 새잎이 돋아나지 않았는데 뜰 전체로 연둣빛이 은근하게 뿜어져 나오고 있었다. 바람, 비, 해 같은 자연현상에도 그 나름의 신격(神格)이 존재한다는 그

옛날 자연신 숭배 신앙이 그럴듯하게 느껴지는 풍경이었다. 신이 있다면 바로 저런 곳에 있으리라, 나는 그런 생각을 했다. 싯누런 얼굴로 병원 신세를 지고 있는 고등학교 동창 녀석에게도, 야 얼른 자리 털고 일어나서 우리 같이 창경궁 가자, 그랬었다. 돌아오는 길에 나는 남대문시장에 들러 옥색, 연두색, 쑥색, 하늘색 옷감을 욕심껏 끊어왔다. 커튼과 식탁보의 색깔을 바꿔볼 심산에서였다. 곳곳에 연두, 연둣빛이 넘쳐나고 있었다.

……김연두의 마음에는 연둣빛이 내려앉지 않았다. 그녀는 술집 사건 이후로 눈에 띄게 의기소침해진 것 같았고, 피스타치오도 예전처럼 즐기지 않는 것 같았다. 어느 휴일, 슈퍼마켓에 가는 길에 우연히 만나 아직 기분 나빠요, 그 종업원 일 때문에? 라고 조심스럽게 물었을 때 김연두는 피식 웃으며 아뇨. 그 일 때문이 아니라 그 일을 계기로 나 자신에 대해 처음부터 다시 생각해보고 있는 중이에요라고 대답했다. 계절은 연두였지만 그녀는 연두의 대척점으로 살아가고 있었다. 그러다가 그녀가 더 나빠진 것은 며칠 전에 있었던 한밤중의 주차 싸움 이후였다.

새벽 두시쯤 되었을 것이다. 잠결에 신경질적인 초인종 소리를 들었고, 나는 짜증과 두려움이 뒤섞인 상태로 남편을 흔들어 깨워 밖으로 내보냈다. 또다시, 그 지겨운 주차 얘기였다. 남편은 짜증을 애써 누르는 듯한 낮은 목소리로 "서울 47 츠에 6908"이라고만 짧게 대답해주고 들어왔다. 그리고 나는 그 신경질적인 발소리가 옆집으로 향하는 걸 들었고 잠시 후 '즐거운 곳에서는 날 오라 하여도……'로 시작하는 김연두의 집 초인종 소리를 들었다. 너무 늦은 시각이라 복도에 불을 모두 꺼두었고, 또 그 성난 발소리의 주인공은 라이터 같은 걸 켜서 쪽지를 세심히 들여다볼 만한 상태가 아니었을 것이다.

나는 걱정이 되어 옆집에서 나는 소리에 귀를 기울였다. 대여섯 번의 초인종 소리가 울린 후에 밖으로 나온 김연두는 그 남자의 용건을 듣기도 전에 이렇게 퍼부어대고 있었다.

"뭐야? 왜 그래? 나 깔보는 거야, 무시하는 거야? 차 없어. 신문 보고 있고 우유는 원래 안 먹어. 이 자식아, 너 뭐야? 나 무신론자고 학습지 안 풀어. 건강식품 같은 건 줘도 안 먹어. 왜 이래, 도대체. 왜 이렇게 살아야 돼?"

남자의 소리는 들리지 않았고, 더이상의 초인종 소리는 없었다.

조심조심해가며 김연두의 집에 들른 것은 그 며칠 후였다. 웬일인지 평일 낮시간인데도 옆집에서 희미한 인기척이 들리기에 나는 가만히 그녀의 집으로 스며들었다. 김연두는 힘없이 웃으며 문만 열어주고는 식탁 쪽으로 돌아갔다. 그녀는 식탁에 앉아 무슨 종이쪽지를 만지작거리고 있던 중이었다. 원래 마른 편이지만 그녀의 두 볼은 못 보던 새에 푹 꺼져 있었다.

"연두씨 어디 아파요?"

"아뇨. 그냥 기분이 좀 그래서 아프다고 회사에 전화했어요."

종이쪽지에서 눈을 떼지 않은 채 그녀가 꽉 잠긴 목소리로 대답했다.

"근데 지금 뭐 하는 거죠?"

"현관문에 붙일 쪽지 다시 쓰고 있어요, 야광 펜으로요."

"……"

"나도 싫어요."

"아참, 연두씨. 나 며칠 전에 시내 나갔다가 천 끊었거든요. 봄이잖아요. 색이 너무 고와서 이 생각 저 생각 안하고 잔뜩 샀더니, 집에 와서 보니까 너무 많은 거예요. 조금 가져와봤는데 어떻겠어요?"

김연두는 앉은 자세 그대로 나를 무심히 보았고, 나는 미술 숙제를 검사 맡는 학생처럼 가슴께에 천을 펼쳐 들고 그녀를 보았다. 김연두는 눈이 부시다는 듯, 성가시다는 듯 잠깐 찡그렸다.

"연두색이로군요."

"그래요, 연두색."

"그러고 보니 나도 줄 게 있어요. ……이거 가지고 가세요."

김연두는 식탁 의자 위에 올라서서는 싱크대 수납장 맨 위쪽에 놓인 작은 유리병을 꺼냈다. 그 병 속에도 피스타치오가 담겨져 있었다.

"이거 그냥 피스타치오잖아요?"

"그냥 피스타치오는 아니에요. 피스타치오를 먹다 보면 껍질에 틈이 벌어져 있긴 한데 잘 열리지 않는 게 있거든요. 그것만 따로 모아둔 거예요."

"왜요?"

"대견하잖아요. 숨은 쉬어야 하니까 틈을 주긴 주되 결코 내 세계를 보이지 않겠다는 뚝심. 나는 밖을 다 헤아리고 있지만 밖은 나를 헤아리지 못하는 구조. 블라인드나 구식 변소 아랫창처럼요. 이 피스타치오들이야말로 그 이름에 걸맞은 피스타치오죠."

"예? 그게 무슨 뜻이에요?"

"피스타치오 앞머리에 붙은 피스 말예요. 안 열리는 피스타치오야말로 온전히 평화죠."

김연두는 피스타치오교 신도다. 평화의 열매, 피스타치오.

"누군가 이걸 열어서 먹는다는 사실을 전제하지 않는다면야 모든 피스타치오가 다 평화겠죠. 이처럼 완벽한 평화가 어딨겠어요. 견고한 껍질과 방해받지 않는 호흡이 같이 있잖아요."

"그래요.⋯⋯아무튼 가지세요."

김연두가 모처럼 희미하게 웃는다.

"애써 모은 건데 나 주면 어떡해요."

"나야 피스타치오 광인데 또 모으면 되죠, 뭐. 그리고 이젠 조금씩 줄이기도 해야 되구요. 암흑의 피스타치오, ⋯⋯아 이건 제가 그냥 부르는 이름이에요, 안 열리는 피스타치오에 대해서요. 이것들을 쳐다보고 있으면 먹고 싶다는 욕망이 더해지거든요. 가져가세요. 천은 잘 쓸게요. 난 좀 쉬어야겠어요."

피로한 연두. 그것이 그녀와의 마지막 만남이었다.

초봄이었고, 모든 것이 맑고 또 맑았다.

나는 유리창 청소를 끝내고 갑자기 기분이 좋아져서는 〈콰

이강의 다리〉를 휘파람으로 불며 시장에 나갔다. 그리고 오랜만에 피스타치오까지 한 봉지 사들었다. 그러나 피스타치오 봉지를 만지작거리며 김연두의 집 앞에 섰을 때 나는 그녀가 영원히 사라져버렸다는 것을 알았다. 김연두의 집에서 하나의 상징 같은 존재인 현관문 앞 쪽지는 말끔히 떨어져 있었고, 현관문은 일부러 광을 내어 닦았는지 낯설게 반짝거리고 있었다. 허탈했고, 한없이 당혹스러웠다. ……그녀는 분명 사라진 것이다. 그녀와 다툰 적도 없고, 그녀가 빚쟁이에게 쫓기고 있는 것 같지도 않았고, 그녀가 자주 집을 비우는 시각이긴 했지만 나는 그녀의 집 안에 울려 퍼지는 '즐거운 곳에서는 날 오라 하여도~'를 다섯 번까지 들었을 때 그녀의 증발을 확신으로 굳혀가고 있었다.

김연두는 피스타치오가 되어 먼 곳으로 갔다. 그녀는 피스타치오가 되어 단단한 곳으로 갔다. 그녀의 껍질이 되어주기엔 이곳은 너무도 허술하고 부실했으므로. 즐거운 곳에서는 날 오라 하여도 내 쉴 곳은 작은 집, 내 집뿐이므로. 허술한 곳에서는 날 오라 하여도 내 쉴 곳은 작은 집, 내 껍질, 내 누런 보금자리뿐이므로.

나는 그녀의 집 앞에 비닐 봉지를 내려놓고 풀썩 주저앉았다. 그리고는 훌쩍훌쩍 울기 시작했다. 정녕 끝인가요, 피스타치오. 김연두는 열매가 되어 먼 곳으로 갔다. 김·연·두·는·열·매·가·되·어·먼·곳·으·로·갔·다 나는 그 옛날의 속눈썹 긴 여배우들처럼, 이젠 그 줄거리와 주인공과 배경 모두를 다 잊은, 혹은 이것저것을 마구 뒤섞어 엉터리로

기억하고 있는 삼류 멜로 영화의 주인공처럼 젤리 같은 눈물
을 흘리며 이렇게 말했다.

"오…… 피스타치오."

어둠보다
익숙한

박자경

모두 먹통 휴대폰을 핑계 대고 비밀스

런 자유를 누릴 것이었다. 이 깊은 숲,

깊은 방 드디어 나는 진정으로 혼자가

된 것이었다. 마침내 나의 소망이 이

루어진 것인가, 아니면 혼자 남겨진

불행한 운명의 참화가 일어난 것인가.

어둠보다 익숙한

"유일한 규칙 하나, 서로 참견하지 않기."
"정말, 혼자 하는 대로 내버려두기야."
"좋아. 나도 대찬성."
여와 유 그리고 '미'로 불리는 나는 간단한 합의에 이르렀
다.

"요즘 어때요?"
유가 뒷자리로 고개를 홱 꺾어 여에게 물었다.
"고파요."
"오흠."
무슨 뜻인지 알아차렸다는 듯한 유의 콧소리가 능글맞았다.

"나뭥구는 퍼즐 조각이 된 기분이랄까. 모든 것에 주려 있……."

나는 핸들을 팍 꺾어버렸다. 그 바람에 여의 뒷말이 뭉개졌다.

"어후, 왜 그래."

한쪽으로 왈칵 쏠렸던 여가 바로 앉으며 툴툴거렸다.

"길에 고양이가 죽어 있었어."

유가 나를 빼초롬이 쳐다보았다. 내 악의에 동조할 수는 없어도 최소한 발설하지는 않겠다는 뜻 같았다.

"왜?"

나는 유의 눈동자를 손으로 툭 건드리듯 마주 보았다. 나는 여를 밟고 유와 짝짜꿍을 맞출 생각은 없었다.

뭘, 하며 유는 고개를 돌렸다. 웃는지 볼우물이 살짝 패었다. 뭔가를 안다는 걸 보여주고 싶은가 보았다. 여자에 대해 시시콜콜 잘 아는 척하는 남자가 얼마나 얄쭉대는 것처럼 얄미운지 그는 죽을 때까지 모를 것이다.

"밤에 고속도로 다니다 보면 거적때기 덮어놓은 게 많다더라. 농부나 짐승들이 많이 다친다며? 길 건널 때 조심해야지. 길이란 참, 편리하기도 하면서 무섭기도 한 거야."

"일종의 독재죠."

유가 가슴을 쭉 펴며 굵은 목소리로 말을 받았다

"어머 그래요, 진짜. 이리로만 다녀라. 남들과 같은 방향으로만 가라."

나는 후사경 속의 여의 얼굴을 힐끗 보았다. 무슨 뜻인가. 자

못 인생 철리를 담은 것 같기도 했다. 그러나 여의 인생 철리란 대개 감상이나 막연한 소원과 엉긴 것이었다. 중학생 시절 여는 색색가지 수성펜으로 '내 마음의 소나타'라고 쓴 노트를 끼고 다니던, 자칭 문학 소녀였다. 가끔 노트를 빼내어 읽어보면 누구를 대상으로 한 건지, 사랑의 색상과 종류에는 어떤 것이 있는데 자기 사랑의 색깔이 진해지지 않도록 노력하는 것이 참 힘들다는 둥, 하는 이야기만 잔뜩 적혀 있었다. 소련말 하고 있네, 하며 나는 혼자 깨득대곤 했다. 가끔은 친구들이랑 같이 깨득댈 때도 있었다. 이런 감상만 잔뜩 어질러놓는 작자를 일러 문학 소녀란다면 차라리 그건 욕일 거라고, 그러니까 여는 욕을 얻어먹어도 싼 인간이라고 생각했다.

"무단 횡단하다 걸린 적 있지?"

나도 모르게 말이 톡 나갔다. 아무 반응들이 없었다.

"가로수 둘레 묶인 새끼줄 안에 들어가 벌선 적 있다며……"

마찬가지였다. 유를 돌아보았다. 숨을 참는 것 같은 표정이었다. 그러나 후사경 안의 여는 창 밖으로 고개를 돌린 채였다. 턱선이 완강해 보이는 것이 언짢음을 참는 것 같았다. 나는 그제야 여가 유 앞에서만큼은 품위를 지켜보려고 한다는 것을 상기해냈다.

언제부터인지 나는 여에게는 결코 이겨서는 안 된다는 도덕률 비슷한 것을 갖고 있었다. 그것이 게임의 법칙이 아니라 굳이 도덕률인 것은 어느 모로 보나 여가 나에 비해 약자이기 때문이다. 나는 다시 한번 마음을 가다듬었다.

바람이 센지 하늘의 구름이 해를 가렸다가, 비껴가기를 반복했다. 구름 아래를 달릴 때면 곧 비가 올 듯 음산한 습기가 머리칼을 축축하게 하는 것 같다가도 고개만 넘으면 어느새 먹구름을 벗어버린 아스팔트 위로 하얗게 달구어진 햇살이 납물처럼 쏟아지기 시작했다. 아침밥을 먹지 않고 출발했기 때문에 요기할 겸해서 휴게소로 진입해 들어갔다.

"뭐 좀 먹어야지?"

안전 벨트를 풀며 여와 유를 향해 물었다

"난 생각 없어. 커피나 한잔해야지."

여가 하얀 모자를 쓰더니 차문을 열었다. 나는 갑자기 허기진 뱃속 가득 이빨이 돋는 것 같았다. 여와 나는 식욕에서조차 늘 시소 게임이다. 여가 밥을 먹기 싫어하면 나는 난데없이 식욕이 솟아오르고 여가 밥을 맛있게 먹으면 갑자기 숟가락에서 나는 침 냄새 때문에 코도 들이댈 수 없는 식욕부진이 덮친다. 여가 얼굴을 가릴 정도로 소복이 뜬 밥을 씹지도 않고 삼키는 대로 녹여 먹으면 나는 마른 식빵을 커피에 찍어 질겅거리면서 다리를 연신 흔들어대는 식이다.

그러나 사실, 아침밥은 배로 들어가는 것이 아니라 머릿속으로 들어가는 것 같다. 홧김에 먹어치우기에는 국밥이 좀 많았다. 숟갈을 집어들었다. 밥을 먹기 시작하는데 여가 수건으로 손을 닦으며 걸어오는 모습이 보였다. 화장실에 갔다 오는 모양이었다. 흰 반바지 아래로 드러난 허연 다리가 바람 든 무처럼 퍽퍽하고 울퉁불퉁해 보였다.

"뭘 좀 드시죠."

게걸스럽게 아침을 해치우던 유가 눈만 흡떠 보이며 여에게 말했다.

"아녜요, 어서 드세요."

여는 앉으려다 도로 일어섰다. 밥을 먹고 있는 우리와 마주 앉아 있기가 고통스러운지, 민망한지 여는 밖으로 나갔다. 자판기에서 커피를 꺼내 마시고 있는 모습이 유의 등 너머로 보였다.

"언니 다이어트 중이야."

나는 유도 그 사실을 알아야 할 것 같아서 말해두었다. 여는 누구를 만나야 할 때면 며칠 전부터 밥을 굶었다. 목욕하고 미장원 갔다 오는 일처럼 다이어트는 그녀의 일상적인 치장 절차다. 요즘에 한창 다이어트에 열을 올리는 것이 나를 불안하게 했다.

"넌 안 하냐?"

유의 밥그릇이 비어 있었다. 식탐이란다면 유도 여 못지않은 사람이다. 내가 그의 인간성을 미심쩍게 바라보는 거의 유일한 단서는 바로 저 염치없이 왕성한 식욕이다. 그는 내가 배고픈 날에도 자기 밥을 후딱 해치우고 내 밥을 바라보곤 하니까. 음식에서 올라온 김 때문이겠지만 그때 그의 눈에 어리는 물기는 꼭 침처럼 보인다. 연애란, 남자가 자기도 추우면서 외투를 여자에게 벗어주고, 여자는 배가 고파도 자기 밥을 남자에게 덜어주는 것이다. 춥고 배고프다는 기초적인 욕구를 왜곡시키는 것도 그러나 한정이 있다. 우리가 알아온 지 칠 년, 나는 숱하게 빼앗긴 내 밥 때문에 그를 만나면 늘 배가 고팠다. 순전한 생존의 기본 욕구인 식욕에 그다지 염치없는 걸 보면 그는 이기적인 욕심쟁이일지 모른다. 결혼하면 제멋대로 굴고 받으려고만 할 것도 같다. 나는 얼마 전부터 그와 만났을 때는 절대로 밥을 남겨주지 않았다. 이 국밥도 그러니까 다 먹어야 하는 거다. 밥알이 불어 양이 많아지기 전에 빨리 먹어치워야 했다.

"글쎄. 이제 뱃심으로 살아야 할 나이가 된 것 같아."

유의 눈에 번질거리는 침을 모르는 척했다.

"뱃심? 너 부끄러운 것도 모르고 큰일났다. 옛날에는 밥도 새 모이만큼 먹더니 너도 늙긴 늙나 보다."

오랜 친구는 연인 사이로 발전을 한대도 이죽거리는 말투만은 여전해서 도대체 분위기를 잡지 못한다는 단점이 있다.

"그땐 새였지만 이젠 여인으로 진화했거든."

"진화? 그거 두 번만 했다가는 물도 솥단지째 마시겠다."

유가 말도 안 되는 소리를 하는데 전화벨 소리가 울렸다. 유가 순식간에 전화기를 귀에 대며 일어서서 나갔다. 빠르기가 거의 용수철이었다. 어 난 또 누구라고? 그래그래 하는 소리가 들렸다. 밖으로 나간 유는 등을 돌리고 있어서 그의 얼굴이 보이지 않았다. 여가 양손에 종이컵을 들고 유의 등을 지나치다 말고 그를 잠깐 힐끔 보더니 엉덩이로 유리문을 밀고는 다가왔다.

"어머 아직 다 안 먹었어?"

여의 말을 듣자 위가 꽉 조여지는 것 같았다. 언니 제 편 좀 들어주세요, 위장이 여에게 호소하는 것 같았다. 나는 수저를 꽉 쥐었다.

"여자는 나이가 들어도 긴장을 늦추지 말아야 하는데요, 이 친구는 언제부턴지 저보다 밥을 더 많이 먹어요. 누님은 아직도 소녀 같으신데 말예요."

언제 다가왔는지 유가 종이컵을 빙글 돌렸다.

금방 분칠을 다시 한 여의 얼굴은 윤기와 요철이 사라져 무슨 창호지로 만든 가면처럼 보였다. 살짝 미소짓는 입 새로 황금 광산이 열리듯 이가 누렇게 드러났다. 원색에 가까운 꽃분홍빛 립스틱 때문이었다.

"에이 뭘. 어릴 때 비하면 지금이야 썩은 거지."

여는 소녀 같다고 하면 대단한 칭찬인 줄 알고 헤싯거리며 웃고, 괜히 차도 한 잔 더 내오는 불필요한 친절을 떠는데, 그런 순진함과 단순성은 자고로 사람을 신물나게 하는 법이다. 팔뚝이 나무통처럼 굵어지고, 눈가나 입가 피부가 여러 번 쓴 비닐 랩처럼 후줄근한 여자가 소녀인 척하다니, 나는 여를 마주 바라보기가 민망해 고개를 돌리고 말았다.

"깊은 산이야. 나 아니면 넌 무서워서 꼼짝도 못할 거다."

유가 안전 벨트를 잡아당기며 말했다.

우리는 자연 휴양림으로 가는 중이었다. 유가 어린 시절 아침이면 바라보곤 했던 산이었다. 그 산을 보며 유는 고등학교를 졸업하고, 그 산에 눈 쌓인 겨울, 서울로 길을 떠났다. 그러나 당초 이곳은 나만의 비밀스런 행선지였다.

며칠 전 유를 만났을 때였다. 빨대로 주스를 한 번 휘저으며 유가 말했다.

"너 나랑 강에 안 갈래? 너 수영복 심사 좀 해보자."

늘 들어온 말이었다. 회사 일이 많다더니 남들 휴가 갈 때 강으로 출장을 가야 하는 모양이었다. 내가 직장 때문에 동행할 수 없으리라는 것을 알고 언제나처럼 집적거려본 것이었다. 그러나 이번에는 사정이 달랐다. 내 휴가가 마침 그때였던 것이다.

하지만 난 유에게 대답하지 못하고 망설였다. 첫째는 혼자 간다면 몰라도 유와 여행을 간다면 혼자 남을 여에게 눈치가 보일 수밖에 없고, 둘째는 이번의 동행을 유가 몇 달 전 한 청혼에 대한 긍정의 답으로 알아차릴지 몰라서였다. 몇 달 전에 한 청혼이 지금도 유효한지 알 수도 없었다. 유도 다시 말을 꺼낸 적이 없었다.

그러나 무엇보다 큰 이유는, 여러 가지 핑계를 대서라도 이번의 휴가만큼은 혼자 떠나려던 참이었기 때문이다. 단 하루만이라도 인간계를 떠나 은자처럼 지내보고 싶었다. 그러기에는 사람들이 떼지어 몰려가는 물가보다는 깊은 산이 좋을 것 같았다. 나는 내 나머지 생애, 아직도 찬란할 일이 많을 것 같은 아직 젊은 생애를 어떻게 살아갈 것인가 결정해야 하는 기로에 서 있었다. 아주 현실적인 문제였다. 커리어 우먼으로 살아갈 것이냐, 현모양처가 될 것이냐. 회사에서의 여직원은 딱 두 가지 종류가 있다. 영계와 노계. 노계 중에서 대외 홍보용으로 키울 만한 몇몇의 발군의 인재만이 대리도 되고 과장도 된다. 나머지는 결혼과 동시에, 자동 포장되어 상자에 담기는 공산품처럼 줄 맞춰서 퇴사하는 것이다. 나는 인재보다는 평범한 노계에 가깝다. 남자들 다 하는 거 나라고 못할 게 무어냐고 선택한 무역학과라는 내 전공 탓이다. 그런 기고만장한 생각이 아직 우리 사회에서는 지나치게 선구적이었다는 것을 깨달아야 하는 때, 전문직이 아닌 단순 사무관리직, 마케팅부와 영업관리부, 구매과 등을 전전하며 나는 이미 서른하고도 셋이 되어버렸다. 전문직이었으면 훨씬 사정이 좋았을 것이다. 그러나 나는 아직 대리도 아니다. 생각 같아서는 남성 중심의 회사 조직이라는 것이 겨우 군사 문화의 연장 아니냐고, 자기들끼리 오입 접대나 하면서 야합하는 술자리가 회의냐고 신랄하게 공격함으로써 장렬하고 속 시원한 직장생활의 종언을 맞이하고 싶다. 그리고 멋진 남자와 짠 결혼하는 것이다. 나를 무시했던 부장이나 이사 따위의 월급쟁이들을 단번에 누르고 그들의 머리 위로 썩 비상하는 것이다. 그러려면 남편의 직업이 변호사나 의사쯤은 되어야 했다. 그러나 유의 신분은 그런 것과는 거리가 멀다. 스스로는 순수 예술이라고 생각해도 남들은 상업예술, 혹은 글을 설명하는 삽화쯤으로 생각하는 사진을 찍는 사람일 뿐이다. 더구나 유는 나에게 말하곤 한다. 난 너처럼 돈잘 벌고 섹시한 여자가 좋아. 유는 내가 회사를 그만두고 다시 새로운 인생을 시작할 힘을 기르는 동안 나의 처마나 울타리가 되어줄 수 있을까. 아니, 결혼이라는 것이 우선 안전한 고지이기는 한가. 그것은 아직 들어가보지 않은 시커먼 동굴이었다.

나는 결혼과 직장에 대해, 어떤 답도 내리지 못했으므로 나의 유력한 결혼 상대자인 유의 청을 쌀쌀하게 내칠 입장이 못

되었다.

"언니랑 같이 가면."

내 입에서 제법 요조숙녀다운 제안이 나왔다. 무심히 주스를
마시던 유가 갑자기 캑캑거렸다.

"너 진짜냐? 야 많이 발전했다."

그러나 솔직히 여와 함께 간다는 것은 내게는 여행도 아니
었다. 서로의 정신 건강이나, 남은 여름 동안 등을 달구어댈 노
염을 견디는 데에도 도움이 될 리 없었다. 그러나 여의 의견은
거쳐가야 할 돌다리였다. 일단 두드려보기는 해야 했다.

저녁때 목욕을 마치고 거실로 나가보니 여는 휴대폰의 배터
리를 갈아 끼우고 있었다. 받기만 하면 기본 요금으로 버틸 수
있다며 산 것이었다. 자기에게 연락할 사람이 누가 그렇게 많
은지는 모르겠지만 아무튼 여는 그걸 무슨 애완견이나 되듯
하루 종일 만지작거리고 때 되면 먹이를 주듯 배터리를 갈아
대는 일을 정성스럽게 했다.

전화기를 열어 단추를 몇 개 눌러보더니 여가 말했다.

"야 너 니 전화기로 나한테 전화 한번 해볼래?"

"왜?"

"그냥. 전화기가 고장난 것 같아서."

난 내 전화기를 가방에서 꺼냈다.

"왜? 보통 전화로 하면 안 되고?"

"아니 그걸로 해봐. 무슨 통신 장애가 있는 것 같아."

나는 멀찌감치 서서 여의 번호를 눌렀다. 여도 거실 구석으
로 가 섰다. 종이에 실을 연결해 전화놀이를 하는 기분이었다.

벨이 울려 내가 막 '잘 되는데?' 하려는 찰나였다. 여가 갑자기 벨소리에 놀란 사람처럼 전화기를 쫙 펴고는 목소리를 깔았다.

"엽세요?"

좀 어이가 없었다.

"잘 들려."

내가 전화기를 접으며 말하자 깨들짝 놀라 낯을 붉히기까지 했다.

"너였니? 번호 한번 되게 빠르게 누른다 얘."

여가 전화기를 탁 접었다. 누구 전화를 그렇게 기다려? 묻고 싶었지만 참았다. 여는 텔레비전 리모컨을 눌렀다. 좀 어색한 침묵 사이로 심야 토크쇼의 웃음소리가 자지러지듯 쏟아져들어왔다. 여의 침통하던 낯빛이 좀 풀리더니 전파에 실려온 와자한 웃음에 전염된 듯 입가가 느슨해질 때였다. 나는 되도록 무심한 척 애쓰며 물었다.

"언니, 친구들이랑 여행 같은 거 안 가?"

여의 얼굴이 새촘해졌다.

"여름 휴가는 얘, 다 가족끼리 가지. 그리고 내가 뭐 애들이니 친구들이랑 몰려서 놀이 가게."

하기는 그랬다. 내가 실언을 한 것 같기도 했다.

"내일 당장이라도 떠나고 싶지. 어디 가서 산소나 실컷 마셔 봤으면."

여가 한숨을 푹 쉬었다. 그러고는 얼어붙은 사람처럼 멍해진 얼굴로 말했다.

"너 어디 가고 싶으면 가. 내 걱정 말고. 나야 뭐 혼자 지내는 게 특별한 일도 아니니까."

돈도 없고 차도 없고 더구나 나말고는 가족도 없는 여를 두고 여행을 떠난다는 것은 차라리 모험이라는 생각이 그제야 들었다. 아직도 앨범 한 켠에는 여고 2년생인 그녀와, 형부였던 남자가 바닷가에서 까까머리에 티셔츠와 반바지 차림으로 다른 친구들과 어울려 찍은 사진이 꽂혀 있을지 모르겠다. 바다까지는 한 떼로 몰려갔지만 수영복을 입을 대담함은 없어서 둘러입었을 흰 반팔 면티 속에 감춰진 몸에, 실은 둘의 애타는 관심이 있었겠지. 둘에게는 그것이 첫사랑이었고 그리고 그 사랑은 결혼으로 일단 성공한 것처럼 보였다. 그러나 여는 지금 혼자다.

나는 이미 물에 젖은 종이였다. 아무리 수면 위로 떠오르려 해도 그것은 내 운명에 허락되지 않는 일이었다.

아무 결정도 못 내린 다음날, 유에게서 전화가 왔다.

"차 좀 빌리자."

간밤에 차를 받혔다고 했다. 신호 대기중에 난데없이 뒤차가 추돌해왔다고, 수리하는 데 일주일은 걸린다고, 난리 났다고, 우는소리를 엄청 했다. 나도 여행을 갈 계획이기 때문에 물론 차를 빌려줄 수가 없었다. 그러나 유의 촬영지인 강은 내가 가려는 산과 차로 오십 분 거리였다. 결국, 여를 데리고 셋이 이박 삼일의 여행을 하기로 했다. 여는 비가 갠 뒤 핀 꽃처럼이나 환한 얼굴로 반겼다. 과연 우리는 운명적인 관계였다. 어쩔 수 없이 여와 유라는 운명과 동반하는 길, 그나마 나는 휴대폰과 지인들의 전화번호가 적힌 수첩을 집에 두는 것으로 속세와의 절연을 시도했다.

"저희는 지금 집에 없어요. 잠시 여행을 떠납니다."

여는 전화기에 대고 몇 번씩 고쳐가며 녹음을 했다. 문을 잠그는 여의 표정이 의기양양했다.

산을 오르는 길은 경사 급한 능선이었다. 원시림 속으로 들어온 듯 발 아래 까마득한 계곡이 잎의 바다를 이루고 있었다. 실족한대도 짙푸른 녹엽들 위로 몸이 둥실 떠오를 듯했다. 깊은 숲을 헤쳐가자 저만치 매표소가 나타났다. 예약 사항을 확인하더니 유가 나를 불렀다.

"반씩 내자."

지갑을 열며 말했다. 우리는 결코 서로에게 밥을 얻어먹거나 술을 얻어마시지 않았다. 서로 돈을 쓸 일이 있을 때는 그 자체가 이벤트였다. 그가 밀린 보너스를 탄 덕으로 저녁을 산다거나, 새로 머리한 내가 예뻐진 기념으로 술을 산다거나 하는 식이었다. 역시, 청혼 어쩌고 한 것이 다 나의 환상이었다. 나는 재빨리 이성을 수습했다.

"아니, 내가 삼분의 이를 내야 되지 않을까?"

"아냐. 대신 네가 밥 준비했잖아."

유가 익살스레 웃었다.

"좋아. 그럼 차 임대료는 얼마로 할까?"

순간 유가 웃기를 멈추고 나를 살짝 흘겨보았다. 그러더니 다시 그의 입이 씨익 벌어졌다.

"그럼 우리 촬영 같이 갈까? 네 차 네가 운전하고. 나 사진 찍을 동안 너는 근처 구경하면 되잖아."

유는 자기 계산이 너무 참깨맛이다 싶은지 웃음을 깨물었다. 나도 그러고 싶기도 했다. 그러나 여가 또 걸렸다. 내내 자기 혼자만 둘 거였으면 뭐 하러 같이 왔느냐고, 누굴 뭐 여탕 남탕 칸막이 대신 쓰려고 데려왔느냐고 따질 것 같았다.

"아니, 나 속이 안 좋아."

말하고 보니 진작부터 속이 무지근했던 것 같았다. 휴게소에서 우격다짐으로 먹은 국밥이 시위를 하는 모양이었다.

"많이 먹더라니."

얼굴 근육이 이내 축 늘어진 채 유가 여에게로 휘적휘적 걸어가며 누님, 이제 올라가시죠, 했다. 차는 그곳에 주차시키고 숙소까지는 관리소에서 제공하는 지프를 타야 했다. 지프 뒤에 짐을 싣는데 비가 후드득 떨어졌다. 쨍쨍 소리가 날 정도로 하늘이 새파랗더니 제풀에 터져버린 모양이었다. 트렁크에 짐을 싣고 차문을 닫는데 빗방울이 제법 줄기지어 내리기 시작했다. 다시 야생의 숲을 헤쳐 이 킬로미터쯤을 오르자 초콜릿색의 지붕이 점점 시야로 올라왔다. 이어 자갈이 깨끗이 깔린 비알에 선 두 동의 통나무집이 모습을 드러냈다. 모든 인적으로부터 자유롭고자 했지만 너무 깊은 숲이라 옆집이 있다는 것이 번거롭게 느껴지지는 않았다. 옆동에는 아직 아무도 들지 않았는지 문이 닫힌 채였다. 우리의 숙소는 옆동 사이로 널린 자갈마당을 지난 안쪽으로 출입구가 나 있었다. 깊은 숲의 안쪽, 아늑하게 숨은 곳이었다. 원룸의 통나무집은 넓고 깨끗했다. 에어컨은커녕 선풍기 한 대도 없고 창이라야 싱크대 옆과 현관문 옆에 붙은 것이 전부임에도 실내 공기는 서늘하고 맑은 기운이 돌았다. 문명의 이기도 먹고 씻는 데 소용되는 것만 있을 뿐 전화 하나 텔레비전 한 대도 없었다. 열린 문으로 벌과 개미, 날벌레들만 쉴새없이 들고났다. 서늘한 계곡 물소리가 곧 귀청에 가득했다. 수도꼭지에서는 집 전체가 우 떨리도록 엄청난 수압의 물이 쏟아졌다. 계곡에서 끌어올린 물은 차가웠다. 집 앞의 좁장한 마당 끝을 내려다보았다. 폭포와 긴 야생의 계곡이 가로로 뻗어 있었다. 마당 한쪽에 계곡으로 내려가는 길이 있었다. 그 길도 물과 돌로 이루어져 있었다. 며칠 전부터 간간 뿌려진 소나기로 계곡물은 풍성하고 거칠었다. 고개를 들어 보니 두 줄기의 폭포가 하얗게 부서져내리고 있었다. 넌출거리는 나뭇잎들로 조각난 하늘이 푸른 눈으로 계곡을 들여다보고 있었다. 어느새 비가 그친 것이었다. 하늘에서 내려다보면 이 계곡은 그저 메숲진 골짜기로 보일 것 같았다. 계곡물이 차가워 발목이 떨어져나가는 것 같았다. 여의 소원대로 산소가 많고 유의 바람대로 물도 있었다. 혼자 있고 싶다는 내 바람은, 우리가 떠나면서 정한 유일한 규칙만 잘 수행된다면 역시 이루어질 것이었다. 우리 셋은 모두 환호했다.

여는 짐을 풀자마자 밥 준비를 시작했다. 나는 전혀 점심 생각이 없었지만 아침 굶은 여나 내 밥을 뺏어 먹지 못한 유는 빈 위장의 살가죽이 맞붙어 허리 펴기조차 힘들지 몰랐다.

여가 마련한 식탁에는 이밥과 하이라이스, 낙지덮밥, 불고기덮밥 등이 준비되었다. 이 진수성찬은 모두 파우치에 반조리 상태로 담겨진 채 팔려온 것들이었다. 낙지덮밥 소스를 한 숟갈 떠서 밥에 비볐다. 입술이 말라붙은 것 같았다. 겨우 입술을 떼어 수저를 넣었다. 직접 먹어본 적은 없지만 라드라는 기름 덩어리가 이 맛이지 않을까 싶었다. 기름이 엉겨 입 안에 더께가 지는 듯했다. 끓는 물에 삼 분 이상 가열하라는 조리법을 여가 제대로 지키지 않은 모양이었다. 여는 세상에서 제일 읽기 싫은 것이 설명서라고 했다.

"아침을 먹자마자 운전을 해서 그런지 속이 안 편해."

나는 수저를 내려놓았다. 그러나 여나 유는 밥을 먹느라 내 말을 듣지도 못했다. 기름이 채 녹지 않은 인스턴트 소스들을 보자니 속이 느글거려서 나는 창 아래로 가 누웠다. 내가 빠진 밥상에서 현재의 나의 유일한 가족과 미래 내 가족이 될 가장 유력한 사람이 흔들림 없이 밥을 먹는 광경은 좀 묘했다.

나는 어릴 때 잠깐 돼지였던 시절이 있다. 여와 함께 살기 시작했을 때였다. 여는 밥을 잘 먹지 않았다. 마른 편은 아닌데도 몸은 늘 기운이 없고 밥을 깨작거리는 선병질적인 아이였다. 엄마는 늘 그런 여에게만 신경을 썼다. 생선을 조려줄까? 구워줄까? 찌개로 할까? 금방 사와 손가락으로 누르면 탱탱한 살이 만져지는 생선을, 눈도 뜨고 있는 그것을 손으로 주물럭거려가며 엄마는 여에게 묻곤 했다. 요리법에 따라 토막을 칠 건지 배만 가를 건지, 소금을 뿌릴지 말지가 결정되기 때문이었다. 나는 그때 엄마도 밉고 여도 밉고 아빠도 미워서 밥을 많이 먹었다. 그때의 사진을 보면 심술인지 순전한 살인지 알 수 없는 부기가 얼굴에 가득했다. 그러나 밥을 많이 먹는다고 엄마의 사랑이 돌아오지도 아빠가 자상해지지도 언니가 나한테 잘해주는 것도 아니라는 것은 과식으로 배탈이 나고서야 알았다. 배탈이 나서 누워 있는 나는 굶어야 한다면서 나머지 세 식구가 내게 등을 돌리고 둥근 상에 모여앉아 밥을 먹었다. 후룩, 하고 아빠가 뜨거운 국물을 떠먹는 소리, 여가 뜨거운 밥에 생선살을 얹어 입에 넣고는 뜨거워서 호아호아 소리를 내다 짭짭거리는 소리, 엄마의 입 속에서 알타리 무가 아작, 하고 씹히는 소리, 사기 그릇에 수저가 부딪히는 낮고 맑은 소리, 나는 그때 몰래 울었다. 아마도 내가 정신적으로 가족으로부터 독립했다면 그 순간이 아닌가 생각하곤 한다. 영혼의 구원을 대신 받아줄 수 없는 것처럼 내 밥도 누가 결코 대신 먹어줄 수 없다는 것, 그리고 나와 더불어 굶기를 선택할 사람도 없다는 것을 알았던 것이다. 하루하고도 반을 굶고 자리에서 일어난 후 나는 다시는 과식이나 밥 굶기 같은 것을 하지 않았다.

점심을 먹고 커피를 마시고 우리는 각자 서로 참견하지 않기로 한 일상을 시작했다. 여는 이어폰을 꽂은 채 계곡으로 나가 앉고 유는 카메라 가방을 멨다.

"너, 진짜 같이 안 갈래? 이 일로 나중에 운명이 어떤 식으로 달라지더라도 너 후회하지 마라."

유가 샌들을 신으며 말했다. 물론 나는 전혀 개의치 않았다. 그의 취재 동행은 앞으로 기회가 다시 올 수 있지만 절실히 혼자 있고 싶은 이 순간은 지금 흘러가버리고 나면 후에 다시 만난대도 아무 가치가 없을지 몰랐다.

"저녁때 올게."

내가 뭐라고 말을 받기도 전에 유는 뱀처럼 문지방을 건너갔다. 자기가 무슨 말을 했었는지도 기억하지 못하는 얼굴이었다.

　나는 평소 읽고 싶었던 책들을 펴 들었다. 내 인생에서 한 발짝 떠나 보면 내 인생이 잘 보일 것 같아서였다. 잠시만 다른 세상으로 침잠해보자. 책을 펴들었다. 물소리로 귀를 적시며 통나무 벽에 기대앉아 책을 읽자니 신선의 풍류를 알 것 같았다. 잠시 행복이 향기처럼 지났다. 맑은 공기 탓인지, 줄기찬 물소리 때문인지 잠이 스르르 눈을 내리덮었다. 자다 깨다 하면서 나는 책 속 가상의 세계를 노닐었다. 이어폰을 귀에 꽂은 채 흥얼거리며 들락거리는 여도 모처럼 밝아 보였다.

　그러나 저녁때가 가까워오면서 여는 안절부절못하는 분위기였다. 잡지책을 펴들었다가 휙 덮고 한숨을 쉬기도 했다. 엷게 풀렸던 내 신경이 꽁꽁 뭉치기 시작했다.

　"언니, 배고프구나?"

　나는 자신 있게 물었다.

　"아냐, 얘, 밥 먹은 거 아직 꺼지지도 않았다."

　그러나 내 귀에는 여의 뱃속에서 울려나오는 개구리 합창이 전해지는 듯했다. 하지만 일곱시가 넘으면서부터는 여는 허기와 짜증을 감추지 못했다. 순전히 배가 고파서인지, 취침 여섯 시간 전부터는 금식을 해야 한다는 다이어트 규율 때문인지 아무튼 저녁 시간이 늦어지고 있는 것이 무척 화가 나는 모양이었다.

　"언니, 배고프면 밥 먹자."

　나는 다시 한번 말했다.

　"누가 언제 배고프댔니?"

여가 책을 파락 넘겼다. 그러더니 문득 시계를 쳐다보았다.

"근데 유 너무 늦는다. 아예 밥을 먼저 먹으라든가."

감출 수 없는 노기가 기미처럼 얼굴에 깔렸다. 유에 대해 여가 짜증을 내는 것이 듣기 싫었다.

"진짜, 너 배고프겠다. 점심도 안 먹었잖아."

여가 눈을 치떠 보였다.

"글쎄 속이 안 좋아서인지 배는 안 고프네."

점심을 먹는 둥 마는 둥하고 커피를 마셔서인지 위의 감각이 둔해져 있었다. 좀 굶었으면 싶기까지 했다. 여의 얼굴이 더욱 파리해졌다.

나는 자리에서 일어섰다.

"밥이나 해두자."

내 말에 반색한 얼굴로 여가 따라 일어섰다. 나는 쌀을 세 컵 솥에 담았다.

"왜 그렇게 많이 해? 유 밥까지 하는 거야?"

여가 눈을 동그랗게 떴다. 히치콕 영화에나 나올 법한 불안한 빛이었다.

"응, 밥 안 먹고 올 수도 있잖아."

"그랬다가 먹고 오면 어떻게 해? 찬밥을. 전화해볼까?"

"아침에 끓여 먹으면 되잖아."

여가 자기 핸드폰 충전기를 꺼냈다.

"나 충전도 안 했는데. 그러지 말고 밥 금방 되니까 안 먹었다고 하면 그때 해주자."

여는 전화기를 충전기에 꽂았다. 나는 사실 여의 고민을 알

았다. 여는 유가 먹지 않은 밥, 남겨진 밥을 자기가 먹게 될까
봐 두려운 것이었다. 유는 요리를 잘하지는 못하지만 밤에는
별식을 곧잘 만들어내곤 했다. 찬밥으로 김밥도 하고 볶기도
하고, 완자를 빚어 튀기기도 했다. 밤에 허연 밥을 먹는 것이
민망해서 취하는 위장술이라는 것을 나는 진작부터 알고 있지
만 그때마다 번번이 속은 척 같이 먹어주곤 했다. 자기의 비정
상인 식사가 나로 인해 정상으로 편입되는 기쁨을 여는 그때
면 맛보는 것 같았다. 그러나 여기까지 와서 하루쯤도 야식의
유혹으로부터 자유롭지 못한 여가 너무 한심스러웠다.

솥에서 쌀을 덜어내며 지나가는 말처럼 한마디 했다.

"밥 갖고 신경 좀 그만 써."

여는 아무 말이 없었다. 저절로 여의 눈치가 살펴졌다. 나는
상을 내리고 수저와 물을 꺼냈다.

당초는 여만 밥을 차려줄 생각이었다. 그러나 같이 먹어주어
야 한다는 익숙한 의무감이 느껴졌다. 여는 내 말에 삐쳤는지
책만 들여다보고 있었다.

"밥 먹어야지."

여전히 대답조차 하지 않았다.

집에 있을 때면 아침이나 저녁, 혹은 언제든지 여는 나를 향
해 소리치다 못해 분통을 터뜨리곤 했다. 밥 먹어. 국 다 식잖
아. 식어가는 밥상에서 끓어오르는 식욕을 참지 못해 내게 화
를 내는 것이었다. 혼자 먼저 먹으면 될 걸 가지고 여는 늘 목
청을 돋우었다. 결국 같이 밥을 먹을 때는 서로 화난 사람들처
럼 말도 하지 않았다. 그렇게 해서라도 같이 밥을 먹어야 하는

걸로 여는 알고 있다.

내가 밥을 푸고 반찬을 펼쳐놓고 기다리자 못 이긴 듯 여가 다가앉았다.

"너, 가족을 왜 식구라고 하는지 아니? 한솥밥을 같이 나누어 먹는 거 그게 가족이기 때문이야."

여는 나를 쳐다보지도 않고 말했다. 말이 되는 소리인지 아닌지 아무튼 여에게서 익히 들어온 말이었다. 여를 너무 애잔스러워해서 나의 질투를 불러일으키곤 했던 엄마는 바로 여의 그런 바람을 가장 눈물겨워했다.

"아빠랑 살 때 맨날 혼자 밥 먹는 게 싫었나 보더라. 아빠는 일찍 나가고 늦게 오시잖니."

시도 때도 없이 밥을 같이 먹어주는 것, 어쩌면 그것이 내가 여에게 베풀어줄 수 있는 최대의 애정인지도 몰랐다.

여와 내가 따로 살게 된 것은, 사 년 돌이로 전근을 다녀야 하는 교육 공무원이었던 아버지가 서울로 발령을 받던 해부터였다. 할머니가 똥오줌도 스스로 뒷감당을 못하는 중풍 환자였고 나는 겨우 세 살이었으므로 엄마와 함께 시골에 남겨졌다. 여는 이왕이면 서울의 학교를 보내자는 생각에서, 그리고 엄마의 손도 덜어줄 겸해서 아버지가 데리고 갔다. 엄마는 나를 업고 시골 살림과 환자 수발을 했다. 아버지는 월급날이면 빨래 뭉치와 함께 월급 봉투를 들고 내려왔다. 엄마는 반찬을 준비하고 집을 청소하고 할머니 머리를 빗겨드리고, 그리고 목욕을 하고 아빠를 기다렸다. 우리가 다시 살림을 합치게 된 것은 오 년 세월이 흘러 할머니가 돌아가신 후였다. 직계 가족이 드디어 함께 살게 되어 모두 행복해졌는지 몰라도 나는 별로였다. 엄마는 내게 쏟던 관심을 여와 아빠에게로 방향을 바꾸었지만 엄마 대신 내게 생긴 것이라곤 밤늦게 오는 무섭고 깐깐한 아빠와 바보 같은 주제에 깍쟁이인 언니뿐이었기 때문이다. 여는 어리광 때문이었는지 정말 아파서 그랬는지 초등학교 입학을 두 번 한 바람에 겨우 삼학년이었는데 구구단도 못 외우면서 내가 촌년이어서 얼굴이 새카맣다고 놀리곤 했다. 엄마는 감정선은 내 쪽으로 쏠려 있는 듯하면서도 어릴 때 돌보지 못했다는 이유로 여를 무척이나 조심스럽고 짠하게 대하는 이성을 갖고 있었다. 아무리 생각해도 가족 관계상 나는 팥쥐일 수밖에 없을 것 같았다. 나는 알통이 박인 검은 다리로 여의 허옇고 물러터진 살들을 공격하곤 했다. 그러나 사춘기가 지나면서 나는 여에게 늘 지는 쪽을 택했다. 약자에게 이겨봤자 상처뿐이라는 것을 알았기 때문이었다.

그러나 이곳까지 와서 여에 대한 배려를 잊지 않아야 한다는 것이 억울했다. 속에서 무언가가 터질 것만 같았다. 그러나 나는 마개를 꼭 닫았다. 내일은 차라리 유를 따라나서야지, 생각했다. 너무 허기가 졌는지 앉은뱅이 상 앞에 앉아 밥을 먹느라 고개를 수그리는 여의 허리가 지나치게 꼬부라져 그대로 밥상으로 엎어져버리는 게 아닐까 염려스러웠다. 나무토막이 된 것 같은 위 속으로 밥이 한 숟갈씩 떨어져 쌓이는 것이 느껴졌다.

아홉시가 넘어도 유는 나타나지 않았다. 예상보다 너무 늦은 시각이었다. 유가 일 때문에 늦고 내가 방에 앉아 그를 기다리니까 진짜 우리가 결혼이라도 한 것 같았다. 열시가 막 지나갈 때 갑자기 닫혔던 문이 와락 열렸다. 순간, 빛을 향해 열 마리도 넘는 나방이 문 안으로 빨려들듯 날아들었다. 유였다. 아악, 여와 나는 나방 때문에 벌떡 일어섰다. 여는 나방을 잡느라 수선을 피우기 시작했다. 나도 신문을 말아 쥐었다. 유는 무척 피곤한 낯빛이었다. 그런데 눈가가 불그레한 것이 자세히 보니 어이없게도 술을 한잔 걸친 것이 역력했다.

"술 먹었어? 산길을 술 마시고 운전하면 어떡해?"

뭉친 신문으로 나방을 향해 내리치던 나는, 목소리가 다소 히스테리컬하게 나갔다. 그가 내 예상보다 너무 늦게 온 것에, 몰고 들어온 나방떼에, 술에, 여에게 지은 죄 없이 죄인처럼 굴어야 하는 것에 곤죽이 된 상황이 잠시 나를 혼란스럽게 한 것이었다. 나는 사실 유의 차가 추돌당한 것이 그의 음주 운전 때문일지도 모른다는 의심을 하고 있었다. 비슷한 일이 전에도 있었다.

양말을 벗어던지고 누우며 유가 발길질하듯 목소리를 뻗쳤다.

"야, 벌써부터 잔소리냐."

너무 무람없는 태도였다. 막 대해도 되는 마누라 취급을 하는 것 같았다.

내 목소리가 다시 쌩, 날아갔다.

"남의 차 몰고 나가서 그러면 어떡해?"

유가 눈 위로 팔을 올리려다 말고 잠깐 나를 바라보았다.

"남? ……알았어. 무슨 소린지 알았으니까 내일 얘기해."

여가 우리를 힐끔거리는 것이 느껴졌다. 나방을 두드리던 여의 손길이 자분자분해졌다. 술 때문인지 유는 곧 잠들어버리고 말았다. 좀 미안한 생각이 들었다. 속도 쓰리고. 나는 유의 필름을 냉장고에 넣어주려고 가방을 열었다. 다섯 통의 필름이 보였다. 아침에 내가 냉동실에서 꺼내준 것은 모두 여섯 통이었다. 카메라에는 열일곱 컷이 남은 필름이 들어 있었다. 이 시간까지 한 작업치고는 너무 적은 양이었다.

무슨 일이 있었을까, 왜 저렇게 혼자 술 먹고 잠을 쿨쿨 자댈까, 걱정인지 화인지 모를 감정 때문에 쉬 잠들지 못했다. 잠든 유를 두고 그의 하루나 되작여 상상해보는 내가 좀 한심스러웠다. 유가 몰래 뻗쳐오는 손길 때문에 신경이 쓰여 잠을 못 잘 줄 알았는데.

빗소리인가, 해서 눈을 떴다. 계곡에서 올라오는 물소리였다. 환한 방에는 아무도 없었다. 여덟시가 다 되어가고 있었다. 압력솥 꼭지가 김을 씨육씨육 내뿜으며 세차게 돌아가는 소리가 났다. 여는 산책을 나가고 유는 촬영을 간 모양이었다. 출사는 늘 어스름한 박명에 시작한다. 밥솥 불을 끄고 샤워를 마치고 나오는데 누가 열려진 문 안으로 성큼 들어섰다. 유였다.

"안 나갔네?"

"날도 흐리고 해서 천천히 나가기로 했다. 너랑도 좀 놀아줘야지."

밝은 얼굴이었다.

"하이고, 속이 안 좋아서 그랬겠지."

"그래. 네가 해장국 끓여줄 때 기다리느라고 못 나갔다. 넌

나한테 뭐 좀 맛있는 거 해주고 싶고 그렇지 않냐? 무슨 여자
애가. 입 딱 벌리고 잠만 자고."

"네 꼬랑내 때문에 코로는 도저히 숨을 못 쉬겠는데 그럼
어떡하니."

이불을 걷어내는데 여가 들어왔다. 노란 점퍼에 묻은 물기를
탈탈 털어냈다.

"밤새 비왔나 봐. 계곡물이 어제보다 많이 불었더라. 새벽에
좀 추웠지? 여기는 천국이야, 천국."

역시 밝은 얼굴이었다.

나는 아침을 굶을까 하다가 먹기로 했다. 오늘은 유가 동행
을 권하면 따라나설 생각이었기 때문이다. 밥을 먹고 커피를
나누어 마시고 나자 유는 서둘러 가방을 멨다.

"오늘도 늦어요?"

여가 물었다.

"글쎄요, 저녁때쯤 오게 될 것 같은데, 전화드릴게요. 어제
날씨 때문에 사진을 너무 못 찍었어요."

"밥, 먹고 와요?"

여에게는 늘 그것이 문제였다.

"예, 뭐 대충 그럴 것 같아요."

그러고 유는 나갔다. 내 잇새에는 짜고 시고 텁텁한 음식 뒷
맛이 아직 남아 있었다.

하늘의 반은 맑고 반은 어두웠다. 바람이 먹장구름을 몰고
천공을 표류하는 것 같았다. 유가 나간 후 여는 방 안에 누운
채 음악을 틀었다. 이어폰을 꽂아서 무슨 음악을 듣는 것인지

는 들리지 않았지만 시야 안에 여가 있는 것이 왠지 나를 자유롭지 않게 했다. 괜히 아침을 먹어갖고 속이 불편해서 그러는 모양이라고 생각했다. 두 시간 가까이 책을 읽도록 내내 그러고 있는 여가 왠지 신경 쓰였다. 계곡이고 숲이고 더는 흥미롭지 않은 것일까. 여가 안에 누워 있으므로 이번에는 내가 뻐근해진 어깨를 풀기 위해 밖으로 나갔다. 비가 바람에 쓸려다니는 것처럼 조금 부슬거리다 말다 했다. 숲그늘과 계곡에서 올라오는 물소리, 습기 때문에 통나무집 안에 있으면 밖에 비가 오는지 마는지 구분이 되지 않았다. 까치가 하나 날아가기에 우산을 두고 나왔다. 밤새 내린 비로 숲의 초록 기운은 더해서 짙은 풀향과 함께 온몸이 진초록으로 물이 드는 듯했다. 야영장이 있는 언덕 위를 지나자 산을 널찍널찍한 계단식으로 깎아 온통 잔디를 심고 여기저기 시소며 그네 등을 설치해놓았다. 정글짐과 미끄럼틀을 합해놓은 듯한 놀이기구는 한쪽 다리를 옆의 텐트 기둥으로 내어주고 있다. 통나무집에 들지 못하는 사람들이 야영지에 친 텐트들이 여기저기 흩어져 있었다. 궂은 날씨 때문인지 무척 한적했다. 지붕이 유난히 낮은 돔형 텐트가 김밥처럼 길쭉하게 누워 있는 앞으로 의자와 기타가 놓여 있고 아이 자전거도 뒹굴고 있었다. 날씨가 맑으면 이곳은 땡볕 아래 드러누워 있을 것이었다. 안에서 기타 소리에 남자의 음성이 간간 끊어져가며 실려 나왔다. 아이의 말소리도 들렸다. 잔디의 군데군데는 물이 고여 있었다. 마른 곳처럼 보이는 곳도 정작 밟아보면 발이 푸욱 빠지는 것이 유쾌하지는 않았다. 그네에도 물이 고여 있어 탈 수가 없었다. 통나무를 그

네처럼 매어놓은 걸 발로 좀 굴러보다가 어지럼증이 나서 도로 내려섰다. 어디를 가나 이틀간의 우리집, 통나무집만큼 쾌적하고 시원하지는 않았다. 다시 비가 후둑거리기 시작했다.

숲길을 주욱 내려와 우리 통나무집 근처에 다가가는데 입구에서부터 이곳까지 데려다주었던 검정색 구형 지프가 눈에 띄었다. 사람들 소리도 들려왔다. 옆동에 숙객이 든 모양이었다. 우리 동과 옆동 사이의 통로에 작은 돔형 텐트가 쳐져 있고 그 안에 남자들 셋이 앉아 있었다. 그냥 있어도 조금 서늘할 지경인데, 남자들은 더운지 한 사람은 웃통을 벗어 젖힌 채고 나머지 둘도 속옷인지 겉옷인지 알 수 없는 민소매 윗도리를 둥둥 걷어 올려 검게 탄 뱃가죽이 드러난 채였다. 벽에도 한 남자가 기대앉아 있었다. 남자들 사이를 지나치려면 텐트 아래의 남자들 팔이든지 주저앉은 남자의 반바지 아래로 드러난 털 난 다리든지와 부딪힐 것 같았다. 뱀껍질처럼 불쾌하게 부드럽고 차가운 낯선 촉감, 상상만으로도 살갗에 닿은 것 같아 소름이 끼쳤다. 그들 사이를 조심스레 지나는데 나의 움직임을 따라 남자들의 시선이 마치 쭈욱 잡아당겨지는 것처럼 따라오는 것이 느껴졌다. 내 살껍질이 벗겨지는 기분이었다. 열려진 문 안에서 아이 업은 여자가 나왔다. 비로소 정상인을 만난 것 같은 안도가 느껴졌다. 아이 업은 여자말고도 문 안에는 다른 여자가 짐들을 정리하고 있었다. 눈에 띈 걸로만 쳐도 네 명의 남자와 여자 둘, 아기 하나가 옆동의 숙객들이었다. 집에 들어와 열어두었던 문을 닫아버렸다. 밖에서 말소리와 웃음소리가 지저분한 가루처럼 흩어져 들려왔다. 얼핏 쭉쭉빵빵인데 하는 소리를 들은 듯했다.

여는 화장을 하고 옷을 갈아입은 채였다. 언제 준비해 왔는지 노란색 비옷을 머리꼭지부터 둘러썼다.

"잠깐 좀 나갔다 올게."

여에게 내 허락이 필요한 것은 아닐 것이어서 나는 자동적으로 고개를 끄덕였다. 여는 지프가 올라온 김에 얻어타고 나갈 궁리를 한 모양이었다.

여가 나간 후 책을 펼쳐든 채 잠 속으로 잠수했다가 고개를 내밀다, 하는 사이 시간이 꽤 흘렀다. 나갔던 여가 하얀 비닐 봉지를 들고 들어왔다. 맥주병의 검은 몸피가 습기 때문에 비닐 봉지에 착 붙어 드러났다. 여는 돈이 없어서 쌀은 못 사지만 술은 내가 사주지 않을 것이기 때문에 자기가 사고, 돈이 없어서 양파 한 자루 못 사지만 영양파마 값은 내가 대주지 않을 것이기 때문에 자기 돈을 쓴다는 경제 논리를 갖고 있었다.

여가 술을 한잔하자고 할 것 같아 일어섰다. 밥을 같이 먹는 거야 가족의 의무 사항인지 애정 표현인지 모르지만 술은 아니었다. 술을 마시다 보면 이 말 저 말 하게 되고 우리의 이 말 저 말 끝은 언제나 싸움이기 때문이었다. 싸움은 집에 가서 해도 된다.

비는 또 말갛게 그쳐 있었다. 옆집에서 쟁여놓았는지 바위 틈틈이 맥주캔과 수박 따위가 세찬 물 속에 잠겨 있었다. 계곡 물에 발을 담근 채 폭포를 올려다보며 되도록 무념무상의 경지에 이르러보려고 애를 썼다. 인간이 신으로 환골탈태할 수도 있는 서른셋의 나이, 아직까지도 무념무상이라는 것이 무엇인지, 대체 그런 경지가 있기나 한지 무경험이 낳은 불신 때문에 새어드는 잡념에 정신이 자꾸 놓여났다. 명상한답시고 앉아서 도둑년처럼 눈동자만 뒤룩거리는 것 같았다. 몰두가 되지 않을 때 흰 장미만 연상하라고 했던가. 흰 장미 외에는 어떤 것도 떠올리지 말고 온 누리 가득 흰 장미로 채우라 했던가. 오도카니 핀 흰 장미가 머릿속에 선연히 피어오를 때였다. 갑자기 장미가 마구 흔들리더니 흩어져버렸다. 낯설고 거친 기척 탓이었다. 옆동 남자들이 우르르 내려오더니 바위틈 흙이 조금 올라온 반 평 남짓한 공간에 자리를 펴고 여기저기 박아두었던 맥주를 건중그리며 집어오느라고 부산을 떨기 시작했던 것이다. 자리 한가운데에는 휴대용 가스레인지가 올려지고 호일을 깔고 어쩌고 하는 걸 보니 고기를 구우려는 모양이었다. 인간은 돼지 비계에 대한 원초적 갈망이 있다더니 그런가.

"옆동에 계신 모양인데 같이 드시죠."

시커먼 손이 캔맥주 하나를 들이밀었다. 속셔츠보다 노출이 심한 남자의 런닝 틈으로 근육질의 가슴과 까만 젖꼭지가 보였다.

아녜요, 하며 자리에서 일어서려는데, 밥 먹어, 하는 여의 목소리가 발치까지 희미하게 날아왔다. 돌아보니 하얗게 피어오르는 물보라와 늘어진 나뭇잎들 사이로 여의 허연 다리가 보였다. 때가 잘 맞았다 싶어 도도하게 일어서서 통나무집에 오르기 위해 물 속의 너럭바위들을 골라 딛었다. 뒤에서 화투장을 짜닥, 하고 던지며 이랏찻차, 하는 소리가 지나치게 크다고 느껴졌다. 킬킬킬 웃음소리도 들려왔다.

"언니는 진짜 그렇게 밥이 맛있어?"

열심히 밥을 먹는 여를 보자니 새삼 신기하다는 생각이 들어 불쑥 한 소리였다. 아무 생각 없이 한 말인데 여는 대답이 없었다. 긴장이 되었다. 침묵이 길어지자 심상치 않구나, 스스로의 둔감함에 발등을 찧고 싶었다. 별생각 없이 주책을 떠는 걸 보면 나는 어쩔 수 없이 여의 동생인 모양이었다. 숨도 못 쉬고 밥알을 씹었다. 관자놀이께가 힘겹게 움직이는 방아처럼 삐걱거렸다.

김을 집으며 여가 조용히 말했다.

"너, 얻어먹는 밥은 배가 쉬 꺼진다는 거 모르지."

순간, 뒤통수가 얼얼해지는 기분이었다.

"넌 어릴 때 나한테 그런 말 자주 했어. 우리 엄마가 한 밥 먹지 마."

난 엄마와 나 사이에 끼여든 여, 그리고 내가 잘 모르는 긴 문장을 쓰고 읽으면서도 구구단도 4단에서 막혀버리는 한심한 여가 미웠다. 나는 우리만 남겨진 한낮이면 가끔 여의 밥그릇을 뺏곤 했다. 죄라면 어린 시절의 내가 아니라 별걸 다 기억하는 여의 머리에 있었다. 나는 다시 지은 죄 없이 밥을 묵묵히 먹었다.

"나도 취직할 거야."

여의 말이 이어졌다. 저 혼자 잘도 널을 뛰었다. 여가 일찌감치 한 결혼에서 쓴물을 맛보고 돌아왔을 때 친정에는 대학 사 학년인 내가 혼자 있었다. 엄마와 아빠가 한 분은 병으로, 한

분은 사고로 돌아가시고 없었기 때문이었다.

나와 달리 가정과라는 비사회적인 학문을 전공했고, 그 덕인지 사회생활 경험이 전혀 없던 여는 그때부터 천성의 모자란 기질과 깍쟁이 기질로 내게 짐스러운 존재가 되었다. 각자 독립할 수도 있었지만 바로 그 점, 여가 경제력이 없다는 점 때문에 나는 감히 혼자 살 엄두를 못 냈다. 엄마 아빠도 죽고 없는데 불쌍한 즈이 언니하고 같이 살면 어때서, 어이구 뱀보다 독한 년. 세상이 내게 쏟아부을 욕이 솔직히 나는 두려웠다. 나의 탈출구는 유밖에 없을지 몰랐다. 그러나 동갑인 유가 결혼이라는 것을 할 수 있을 만큼 경제력을 갖는 사이 시간이 줄기차게 흘러가버렸다. 유가 덥석 물기에는 나는 너무 늙은 신부가 되었고, 더구나 결혼을 하기에는 너무 똑똑해져버렸다. 올해, 유와 나는 무슨 결론이든지 내려야 했다.

밥을 먹고 나가보려는데 비가 오고 있었다. 밖은 비가 내리지 않으면 옆동 사람들이 진을 치고 있고 그들이 없으면 비가 왔다. 계곡에 나가보지도 못하고 하는 수 없이 다시 읽다 만 책을 펴 들었다. 술 사면서 사온 모양인 잡지책을 뒤적거리더니 여는 밖으로 나갔다. 어두워지는 것 같아 불을 모두 밝혔다. 물소리가 한층 거세졌다. 눈을 감으면 배를 타고 바다 한가운데를 떠가는 기분이었다. 바람은 불고 파도는 높고 비는 내리고. 열어두었던 문이 쾅, 하고 닫혔다. 바람이 훨씬 거칠어졌다. 나뭇가지들이 부러질 듯 휘어졌다. 빗줄기가 마당으로 촤아 쏟아져내렸다. 방충망으로 비가 들이쳤다. 창턱이 금세 흥건해졌다. 창문을 닫다 밖을 내다보았다. 여는 보이지 않았다. 계곡에서 점벙거리는 건 아닐까 걱정스러웠지만 이제라도 혼자 있는 시간이 아까워 굳이 불러들일 생각은 나지 않았다. 빗발이 조금 가늘어졌다 싶을 때였다. 밖에서 가냘픈 비명 소리가 들렸다. 곧이어 웅성대는 소리도 들렸다. 문을 열어 보았다. 여가 뭐라고 외치고 있었다. 옆동 여자들이 우르르 다가왔다. 셋은 계곡으로 가파르게 깎아내린 벼랑 아래를 바라보고 있었다.

"어떡하지? 그냥 두면 안 되잖아요?"

말 사이사이로 성글어진 빗발이 자작거렸다.

"남자들 깨울까요?"

"무거운 것도 아닌데 뭘. 괜히 술 먹고 내려가다 미끄러지면……."

여자는 자기 말이 방정맞게 느껴져서인지 말을 잇지 않았다.

계곡까지 이르는 가팔진 벼랑은 정말 아찔했다. 두 동의 통나무집은 계곡 바로 옆 높직한 벼랑 위에 앉아 있는 것이었다. 벼랑 중간에 국방색 텐트가 걸려 있는 것이 보였다. 자갈 마당에 쳐져 있던 것이었다. 자갈에 박힌 쇠가 바람에 빠져버린 모양이었다. 벼랑이 너무 가파르기도 하고 비 때문에 젖은 나뭇잎들이 미끌거리기도 해서 도저히 내려갈 수는 없을 것 같았다.

"오늘 저기서 자기로 했는데."

아이를 업었던 여자가 하는 말이었다. 자기 가족끼리만 자려던 꼬수운 계획이 날아가버린 양 여자는 낭패스러워하는 얼굴이 역력했다.

"잠 안 자더라도 건져야지. 우리가 해보죠 뭐."

한 여자가 말했다. 아이를 업지 않았던 여자였다.

"우산 가지고 올게요."

아이 업었던 여자가 통나무집으로 들어갔다. 텐트의 거죽에 둘러쳐진 쇠틀에 우산 손잡이를 걸어 끌어올리려는 모양이었다. 중량 팔 킬로그램쯤의 텐트는 나뭇가지에 처박힌 채 걸려 이지러져 있었다. 아래 계곡은 바위도 크고 경사가 급해 물보라가 하얗게 튀어오를 만큼 유속이 거칠었다. 나뭇가지가 부러진다거나 바람이 한 번만 더 불어닥치면 그대로 계곡 아래로 곤두박칠쳐버릴 것 같았다. 눈을 뜨고 텐트라는 집 한 채가 박살나는 걸 지켜봐야 할 판이었다.

여가 결혼한 지 십 년이 되어갈 무렵이었다. 팔 년 동안 연애를 했고, 그 팔 년 사이에 고등학교 시절이 포함되어 있어서 엄마한테 식가위로 머리털이 뜯어먹힌 듯 잘린 적도 있는 여가 형부와 결혼을 해서 십 년이 흘렀을 때, 강산도 변한다는 그 동안 변한 것은 형부였다. 여가 그 동안 아이를 배태하지 못했던 것이 이유였던 모양이다. 형부가 어떤 애 잘 낳게 생긴 여자와 아이를 낳았다고 했다.

울고불고하던 여는 결국 다 참고 아이를 기르겠다고 나섰다. 그러나 그건 주제넘은 결심이었다. 생모는, 누굴 씨받이 취급하느냐, 아이도 남자도 놓칠 수 없다고 무섭게 나왔다. 여의 시어머니가 나섰다. 아이를 생각해라. 그것이 무슨 죄가 있냐.

앓아누운 여를 형부가 찾아왔다. 형부에게 거의 시체 몰골을 한 여가 울먹였다. 당신 지금 제정신이 아냐. 우리가 어떻게 만나서 살아왔는데. 내가 용서할 테니까 당신 빨리 정리해. 다 용서할 수 있어. 방 밖에서 그 광경을 엿본 내 눈에서 삐질삐질 눈물이 솟았다. 여의 등짝을 후려쳐주고 싶기도 했다. 자기는 바람피운 것이 아니라 대를 이으려는 생각뿐이었노라던 형부가 무릎을 끓었다. 애통한 음성이 터져나왔다.

"그 여자는 처녀다!"

괴로워서 못 견디겠다는 듯 형부가 고개를 떨구고 울었다. 순간, 여가 벌떡 일어섰다.

"처녀? 남자랑 숱하게 그짓을 했을 년이 처녀는 무슨 처녀! 법적으로만 미혼이면 다 처녀냐? 남의 남자랑 애 낳은 년이 처녀면 자기 남편이랑도 애를 안 낳은 나는 성녀다!"

그러고는 수그러진 형부의 머리 위로 가래침을 뱉었다. 울던 형부는 자기 머리에 가래침이 뱉어진 것을 알고는 무섭게 표변을 했다. 그러고 둘은 이혼했다. 여의 보금자리는 광풍에 그렇게 날아갔다.

아이 업었던 여자가 손잡이 꼬부라진 우산을 들고 왔다. 그러나 한 사람의 팔과 우산만으로는 텐트가 처박힌 지점까지 닿지 않았다. 그냥 내려가다가는 미끄러져 추락하고 말 것이었다. 아이 업었던 여자가 우산을 잡아 휘저으며 조금씩 아래로 향하기 시작하자 여자의 손을 아기 없던 여자가 잡고 그 여자의 손을 다시 아이 못 낳는 여가 잡았다. 비는 계속해서 내렸다. 나도 도와줘야 할 것 같아 삐질삐질 다가서는데 텐트가 우산 끝에 딸려 올라왔다.

"남자들은 뭐 해요?"

내가 물었다.

"자요."

어떤 여자인지가 대답했다.

아이를 업고 있던 여자가 해실, 웃었다.

"두 분 오셨나 봐요. 우리집 남자들이 짝 맞는다고 좋아하던데."

여는 자기를 젊게 봐준 것이 좋은지 애매하게 웃음을 지었다. 나는 아무 대답도, 표정도 없이 그냥 들어와버렸다. 젖은 머리나 닦지 별 참견을 다하네 속으로 구시렁댔다. 여가 여자들과 이야기를 나누는 소리가 도란도란 들려왔다. 비구름이 비껴가는지 방이 다시 환해져서 나는 세 개나 켜두었던 형광등 중 두 개를 껐다. 밝혀진 등 아래 누워 책을 읽다 다시 또 깜박, 잠에 빠져들었다. 눈을 떴을 때, 열려 있는 문이 눈에 들어왔다. 여가 곧 따라들어올 줄 알고 열어둔 것인데 여는 방에 있지도 않다. 계곡 아래서 사람들의 말소리, 웃음소리가 들렸다. 비 그친 걸 귀신같이 알고 옆동 남자들이 일어나 다시 술판을 벌인 모양이었다. 문을 닫으려다 신을 신고 나가 계곡 아래를 내려다보았다. 어디 가서 낙숫물 떨어지는 거나 보며 청승을 떨고 있지 않을까 염려했던 여가 패거리들 한 귀퉁이에 허연 다리를 접어올리고 앉아 있었다. 짱, 잔을 부딪치기도 하고 고기도 집어먹고 있었다. 호호호거리며 입을 가리고 웃기도 했다. 깊은 산 어쩌고 하며 참선이라도 할 듯이 굴더니 저게 무슨 낯두꺼운 짓인가 싶어 눈살이 꼿꼿해졌다. 부아가 났다.

여에게는 언제나 위험스러운 유혹이 뻗칠 수 있었다. 갖고 놀기에 저만한 상대가 없다. 돈이 없기 때문에 결코 재혼 상대

감은 못 되니 부담도 없지, 게다가 성기는 있고 자궁 기능은 없는 여자니까.

서로의 일에 참견하지 않기로 했지만 그건 어디까지나 우리끼리 있을 때만 해당되는 규율이었다. 외부와의 통상법은 정한 바 없었다.

"언니!"

우선 불러놓고 보자는 심산이었다. 그러나 막상 용건이 떠오르지 않았다.

"왜애!"

아래쪽에서 여의 해반주그레하게 웃는 얼굴이 드러났다. 남자들이 나를 향해, 이리 와서 같이 드시죠, 했다.

"전화 왔어."

나는 얼결에 거짓말을 했다. 여가 막바로 올라오기 시작했다. 겅중거리며 돌을 밟느라 가뜩이나 큰 엉덩이가 남자들의 눈귀가 째도록 들어찰 것 같았다.

"어디?"

들어오자마자 전화기의 소재를 물었다. 그러나 나는 여의 휴대폰이 어디 있는지 알지도 못했다.

"올라오라고 한 말이야."

짐짓 미간을 찌푸리며 한 내 말이 채 끝나기도 전에 여의 얼굴이 발칵 빨개졌다.

"기지배! 사람을 갖고 노니? 별짓을 다 하고 자빠졌네."

생각보다 험악했다. 평소의 여는 신경질을 잘 내기는 해도 우악스럽지는 않다. 갑자기 여 얼굴의 빨간 속살을 보는 것 같아 섬뜩했다.

"왜 알지도 못하는 남자들이랑 술을 마시고 있어?"

"무슨 남자들이니? 여자들도 있는데. 아까 텐트 올릴 때 고마웠다고 한잔 들라는데 그럼 옆에 앉아갖고 쌩콩해 있니?"

"그냥 술이 마시고 싶었다고 해."

"그래. 술 한잔하고 싶었어. 아까 사온 거 봤잖아. 이건 뭐 같이 여행을 왔대야……"

말을 하다 말고 방턱에 앉아버렸다. 자기가 할 소리가 아닌 것을 아는 눈치였다. 내 시선이 여를 꼬치에 꿰듯 찔렀다.

"언니, 누구 전화 기다려?"

여는 선뜻 대답하지 않았다. 내가 시선을 거두지 않자 신을 벗고, 옷을 탁 털더니 말했다.

"남이사 누구 전화를 기다리든 말든. 그래서, 내가 전화 기다리는 것 같애서 고거 갖고 장난질하니?"

나는 숨을 한번 들이쉬었다. 그 동안 여에게 참아왔던 울화가 터지는 것을 느꼈다. 여가 이곳에 온 것도 밀고 당기는 사랑싸움 중에 일으킨 피신 소동에 불과하다는 것을 알고 있기 때문이었다. 기다리는 전화가 오지 않으니까 여는 숨어버린 것이었다. 목이 휘도록 전화를 기다렸다는 혐의 사실을 부인하기 위한 알리바이를 만들려는 목적이 그 하나고, 혹시 상대가 전화를 해올 때 맘껏 자기의 부재를 과시하고 싶어서였던 것이다.

"언닌, 남자 없인 못 살아?"

여는 한참 대답이 없었다.

특유의 괴상한 화법으로 사람 복장을 지를지도 모른다고 긴장하고 있는데 의외로 여가 평범한 반격을 했다.

"나한테만 그러지 말고 너도 그럼 유랑 헤어져라."

남자들 함부로 사귀지 말라고 하면 언제나 여의 결론은 그랬다. 그러나 웬걸, 갑자기 여의 목소리가 갈가리 찢어져 파들대기 시작했다.

"결혼을 하기는 해야 할 거 아냐. 야, 내가 돈 번다고 밖에 나가서 서빙 같은 거 하니까 이놈 저놈 엉덩이 더듬고 정말 더럽더라. 차라리 한 놈한테만 죽어지내면 집 생기고 노후 보장되고 세상 사람들이 깔보지 않고 좋잖아. 그래서 남자 찾는다 왜!"

"그럼 정식으로 재혼을 해."

문을 닫으며 내가 목소리를 한껏 눅여 대답했다.

"그건 또 쉽니? 솔직히 내가 이제 결혼하면 남의 애 길러주면서 밥 얻어먹으러 가는 월급 없는 식모 노릇인데 너 같으면 그거 선택하기가 그렇게 쉽겠어?"

"그래서 사귀는 게 처자 딸린 남자야?"

잔인도 하지, 나는 울먹이는 여에게 비수를 꽂았다.

"그래! 일부러 그랬다. 공평해지려고! 형부 여자 생기니까 사람들이 욕했는 줄 아니? 애 얻고 싶은 거야 사람 본능이지, 어쩔 수 없지, 그러면서 다 나한테 참으라고 그랬어. 애를 생각해서 물러나주라고. 지금 만나는 사람은 자식 다 낳은 사람이야. 그러니까 나같이 애 못 낳는 여자랑 자유롭게 살아도 되는 사람이야."

정말 궤변이었다. 동에서 맞은 뺨 서에서 치고, 남에서 잃은 거 북에서 뺏는다, 어쨌든 총량에는 변함이 없으니 된 건가? 질량불변의 법칙도 아니고 이런 건 뭐라고 해야 하나.

"그래서, 그 사람이 언니랑 결혼한대?"

"솔직히 그건 또 쉽니? 그래서 고민이잖아."

배가 고픈데 쌀은 없고, 자장면은 먹기 싫고, 라면 끓이기는 귀찮고, 하는 지경이었다. 여가 눈물을 훅 삼키더니 맥주병 하나를 따서 나발을 불었다.

"너도 잘해, 남자가 언제 흔들리는지 아니? 결혼 상대 결정할 때도 위험해. 결혼할 사이치고 너네 너무 썰렁해. 유가 단순히 사진 찍으러 여기 온 것 같지?"

나는 숨을 죽이고 여를 노려보았다.

"어제 휴게소에서 전화하는 소리 들었어. 누구 찾으러 온 것 같더라."

"누구?"

"내가 아니?"

"취재처 묻는 전화라고 난 생각해. 나더러 뭘 잘하라는 거야?"

"옛날 애인 찾는 건지 어떻게 아니. 여기서 고등학교까지 다녔다며."

"그런데, 단지 그것 때문에 함부로 추측하는 거야?"

"아니면 더 좋고. 그냥 내 감이 그렇다는 거야. 만사 불여튼튼이야. 속아본 사람 충고니까 새겨들어."

감이라는데, 따져봤자 허깨비와의 숨바꼭질일 뿐이었다. 여가 사람을 괴롭히는 방법이었다. 뒤죽박죽 아무 말이나 내지르고는 아니면 됐어, 하는 꼬리 감추기. 흥분하면 저 덫에 걸리는 거다, 마음을 가라앉히고 다시 책을 펴 들었다. 비가 오는지 다시 창 밖이 어두워졌다. 우두두두 빗소리가 부서져내렸다. 여는 무슨 생각을 하는지 두 다리를 쭉 뻗치고 앉아 있었다.

아닌게 아니라, 친구도 애인도 아닌 시절 유에게서 첫사랑 이야기를 들은 적이 있다. 여럿이 앉아 웃고 떠들 때였다. 고1 때 만난 여자라나, 유가 서울로 대학을 오면서 헤어졌다는데, 이야기 구조가 춘향전이어서 친구들이 마구 웃어댔었다. 요즘 춘향이에게는 변사또가 없다. 요즘 변사또는 여자들에게 너무 인기가 좋기 때문이다. 춘향은 그냥 다른 남자를 만나 결혼한다. 춘향이가 몽룡을 기다리다 포기하는 것이나, 몽룡이 춘향에게 돌아가지 못하는 이유는 몽룡에게 어사 마패가 없어서다. 서울이라고 마패가 흔한 세상이 아니니까. 그 대목에서 유는 고개를 떨구더니 잔을 비웠다. 맞아, 잊은 게 아니라 마패가 없어서 못 가. 옛날 같으면 서울 간다면 금의환향해서 올 거라고 믿었겠지만 요즘 어디 그러냐? 졸업하고 취직이라도 하면 모를까. 친구들이 떠들어댔다. 춘향이가 그때까지 남아 있겠냐? 니 고향에는 봉룡이도 있고 해룡이도 있고, 남자가 얼마나 많은데. 유가 찡긋 웃으며 나를 쳐다보았다. 미가 있잖아, 날 구제해주겠지. 내가 탄력 있게 받아쳤다. 꿈도 크시네, 닭 대신 꿩을 잡냐?

그후 우리 사이가 조금 각별해졌을 때도 나는 유의 첫사랑에 대해 신경 쓴 적이 없었다. 내가 닭이 아닌 꿩이라는 자신이 있기도 한데다 무엇보다 그 동안 흐른 시간이 황톳물처럼 모든 것을 쓸어버렸을 거라는 상식에서였다. 첫사랑이란 이승에서 경험하는 환상이다.

나는 다시 책을 펼쳐서는 한 장을 팩, 넘겼다. 유가 내게서 사라진다면 나는 결혼 상대를 구할 수 있을까, 이 나이에, 하는 생각이 책장에 드러났다가 사라졌다.

갑자기 옆동에서 요란한 음악 소리가 들렸다. 빗소리에, 물소리에 납작 눌린 음악 소리는 그릇 깨지는 파열음에 가까운 소음이었다. 문 밖으로 고개만 내밀어 둘러보다가 열려진 옆동의 실내 풍경으로 시선이 멎었다. 비 때문에 실내로 쫓겨 들어간 남자들이 술로 얼큰해진 기분을 춤으로 푸는 모양이었다. 휘요 휘요, 후이후이, 이상한 괴성을 내지르며 춤추는 남자들의 벗어젖힌 웃통들이 불긋불긋하게 보였다.

저녁밥을 안치고 찌개를 올려놓자 여가 들어섰다.

"유한테 연락 왔었니? 되도록 오늘 올라가면 좋겠는데."

뒤숭숭한 얼굴이었다.

"갑자기 뭐가 급해서 그래?"

"그냥, 가고 싶어. 나 혼자 가지 뭐. 니네 같이 있지도 못했잖아."

아까 눈물바람을 한 건 자기여도 결국 한 방 먹은 것은 나라고 생각하는지, 내 감정 상태를 고려해서인지 여는 미안해하는 빛이었다. 유라도 좀 일찍 와주면 좋겠는데. 그러고 보니 이번 여행이라는 게 정말 웃기다는 생각이 들었다. 그러나 유에 대해 감정이 꼬여가는 원인은 무엇인가. 유가 일 때문이 아니라 정말 누구를 찾아 헤매고 다닐지도 모른다는 의혹 때문 아닐까. 나는 부지런히 수저를 챙기고 반찬을 늘어놓았다.

내 눈치를 보는지 여는 조용조용 밥을 먹고 설거지를 바지런히 하더니 가방을 꾸리기 시작했다. 밖은 이미 캄캄했다. 여는 꽂아두었던 휴대폰 배터리 충전기를 가방에 넣다 말고 다시 한번 전화기를 열어보았다. 유만 오면 역까지 태워달래서 자기는 버스 타고 서울 간다는 것이었다. 몇 달 전 유가 한 청혼 문제도 있고, 솔직히 새롭게 떠오른 유의 첫사랑에 대한 뒷정리도 있고 해서, 나로서도 유와 단둘이 있는 것이 싫지는 않았다. 그러나 유는 오지 않고, 여는 가방을 꾸리고 쭈그려 앉은 여행지에서의 마지막 밤이 쓸쓸한 건 사실이었다.

"비, 너무 많이 와. 시간도 늦었고, 내일 아침에 일찍 출발하면 되잖아."

아홉시가 넘어가는 시계를 보며 내가 말했다.

"그래."

여가 다리를 쭉 펴고 앉았다.

"근데, 비가 너무 많이 온다."

나는 여의 휴대폰을 열었다. 꺼져 있었다. 전원을 누르고 유의 번호를 눌렀다. 그러나 곧, 비비빅 소리와 함께 이곳은 서비스 지역이 아니라는 메시지가 뜨고는 전원이 나가버렸다. 일어서서 다시 해봐도 통나무집 밖에서 해봐도 마찬가지였다.

"안 되지?"

"아무리 산골짝도 좋지만 전화 하나가 없냐."

나는 대답 대신 짜증을 내고 말았다.

열시가 가까워오자 여는 조바심을 내기 시작했다. 갑자기 우리들 눈치가 보여 저러는 것은 아니겠지. 애인들끼리 같이 있으라고 혼자 사는 여자가 밤늦게 빗속을 달리는 버스에 몸을 싣다니, 생각만으로도 너무 궁상스러웠다. 궁상스러운 자격지심보다는 차라리 얄미울 정도로 눈치없는 것이 낫다. 이런 밤에는, 더욱이 외로워서 죽겠는 여는.

"비가 너무 많이 와. 길도 험하던데. 야, 그러고 있지만 말고 나가서 공중전화라도 해봐야지. 차, 보내달라고 해보자."

관리실과의 인터폰이 어디 있을 것 같아 찾아보았다. 그러나 아무리 뒤져도 인터폰 비슷한 것도 없었다. 여의 조바심이 수선스럽고 성가시게 느껴졌다. 그러다 혹시, 이 밤에 그 남자를 만나고 싶어 몸이 단 것일지도 모른다는 생각이 들었다. 머리가 마구 헝클어지는 것 같았다. 여가 자기 비옷을 펼쳤다.

"나가자. 입구에 공중전화 있었잖아. 거기 가보자."

여를 멀뚱히 올려보다가 나도 일어섰다. 고집만 부리고 앉아 있을 수는 없었다. 유가 정말 너무 늦는다는 생각이 들기 시작해서였다. 나방이 들이칠 것을 막기 위해 실내의 모든 등과 외등을 끄고 문을 열었다. 여와 비옷 하나를 같이 들쳐 쓰고 우산을 받았다. 옆동 집 앞에는 남자들이 나와 술을 마시고 있었다.

"어디 가세요?"

남자들이 여에게 알은체를 했다.

우의를 살짝 젖히며 여가 예, 하고 웃음을 섞어 대답했다. 나는 그들을 쳐다보지도 않았다. 뒤에서 늑대 조심하세요, 하는 소리와 웃음소리가 들렸다.

자갈길을 올라 고개 아래로 내려섰다. 한 십오 분쯤만 걸으면 될 것이었다. 길은 너무 어두웠다. 어둠에 젖은 울창한 숲은 악령을 감추고 막아선 안개 같기도 했다. 경사가 너무 급해, 빗물에 젖어 찔떡거리던 샌들 밖으로 자꾸 발 앞꿈치가 쭉 밀려 빠져나갔다. 그러나 통나무집 현관에서 비치던 불빛에서 멀어지자 그야말로 캄캄절벽이었다. 생긴 지 얼마 안 된다는 새 휴양림, 화장실도 올해 들어서야 만든 것이라고, 불편한 것이 있으시면 말씀해달라고 하나씩 보수해나가겠다던 관리인의 말이 떠올랐다. 길이 휜 지점을 통과하자 그나마 통나무집 쪽에서 비치던 외등 빛도 없어서 어둠은 그대로 장벽이 되어 눈앞을 가로막아섰다. 한 발이라도 더 앞으로 내딛으면 그대로 벼랑으로 떨어질지도 모른다는 생각이 들었다. 앞으로 뻗은 발이 헛논다 싶을 때였다. 여가 조그만 소리로 말했다.

"야, 도로 가자. 더는 못 가겠어."

우리는 되돌아섰다. 뒤에 남은 짙은 어둠이 우리를 빨아들일 것만 같았다. 드디어 빛이 보였다. 통나무집 외등 빛이었다. 우리는 달렸다. 빗물이 튀어올라 시야를 가렸다.

"옆집에 물어보자. 다른 건 터질지 몰라."

여가 말했다. 별로 가능성 없는 이야기 같았다. 더구나 지금 산길을 달리고 있을 확률이 높은 유의 전화도 우리 전화기처럼 먹통일 것이었다. 통나무집으로 다시 올라가자 옆동 남자들의 시선들이 일제히 우리의 전신을 향해 쏟아지는 것이 느껴졌다. 맥주캔을 들고 여기저기 앉아 우리들을 보고 있는 남자들의 그물 같은 시선 속으로 여가 들어갔다. 여는 그들의 시선 안에 갇힌 벌레같이 왜소했다. 여자들과 아이들은 잠이 들었는지 아무 기척이 없었다. 여가 무어라고 조그맣게 말하자 그들이 큰 소리로 대답했다.

"저희 것도 다 안 돼요. 깊은 산이라 다들 안 될걸요. 사람 왕래도 없는데 기지국을 세웠겠어요?"

"공중전화요? 에이 거기 가셨던 거구나. 진작 물어보시지. 그거 지금 고장이에요. 아까 벼락을 맞았대요. 낼 아침에나 고칠 수 있대요."

빙글거리는 것이 남자들은 왠지 재미있어 하는 빛이었다. 종일 마신 술 때문인지 남자들 얼굴은 검붉었다. 불 꺼진 통나무집을 열쇠로 열고 들어와 불을 밝히는데 여가 밖에서 문을 두드리며 외쳤다.

"불 꺼. 불 꺼봐."

문을 열라는 뜻이었다. 다시 실내등과 외등을 모두 끈 후 살짝 문을 열었다. 틈으로 여가 재빨리 들어섰다. 다시 불을 밝히자 여가 작은 손가방을 달랑 목에 걸어 매며 빠르게 말했다.

"저 아래 슈퍼 앞에 가면 공중전화 있대. 옆동 아저씨가 슈퍼 앞에까지 같이 가준대. 주차장에 차 있대."

"그냥, 기다려."

그렇게까지 하면서 나가볼 필요는 없었다.

"애는! 넌 걱정도 안 되니? 여태 안 오는 거 너무 이상하잖아. 어제처럼 또 술 마시고 운전하면 어떡하니? 아직 출발 안 했으면 차라리 거기서 그냥 자라고 해야지."

애써 덮어 눌렀던 걱정이 살아올랐다. 어두운 폭우 속을 비틀거리며 달리는 차가 눈에 어렸다. 빗길에 벼랑으로 추락한 차 안에 한 남자가 찌그러진 차체에 다리가 끼여 나오지 못하고 있다. 비는 오고 그가 몸을 빼내려고 할 때마다 차를 겨우 받치고 있는 나무 둥치들이 우지끈, 하고 부러진다. 사람은 어차피 병들어 죽거나 아니면 사고로 죽는다. 그러나 왜 하필 이 순간 교통사고로 들이닥쳤던 아버지의 죽음이 떠오르는지 요사스러운 일이었다. 이 순간, 내 인생의 바로 이 순간 그런 암시를 주기 위해 내게 아버지가 있었던가 싶기도 했다. 언제나 운명의 암시란 불길한 법이다. 어쩌면 엄마나 언니나 그리고 나까지 오래도록 남자와 한 집에서 살 팔자가 못 되는 여자들인지도 모른다는 생각이 방정맞게 들었다. 여도 내가 자기와 엄마를 닮을까 봐 저러나. 온갖 불길한 조짐이 살갗 여기저기를 벌레처럼 기어올랐다. 하지만 여와 나 둘이 다 나갈 수는 없었다. 더구나 그 사이에 유가 온다면 널빤지만한 처마 밑에서 비 맞으면 안 되는 카메라 장비와 있어야 했다. 그렇다고 옆집 사람들한테 열쇠를 맡길 수도 없었다. 어쨌든 걱정은 괜한 것일 수도 있다. 여의 자발맞은 불안이 전염된 것뿐일 수도 있었다. 그러나, 그렇다고 가만히 있는 것은, 젖은 바지를 입은 채 주저앉는 것 같았다.

"그럼 언니 있어. 내가 갔다 올게."

나는 아무래도 여보다는 내가 뚝심도 있고 정신력도 강하다고 믿는 쪽이었다. 순간 여가 팔꿈치로 나를 밀었다.

"애는! 젊은 애가 어딜! 시집도 안 간 게 어디 외간 남자들을 따라나서니. 놔둬. 내가 가."

여는 비옷 단추를 꼭꼭 여몄다. 그걸 보자니 착잡했다. 나 역시 아무리 생각지 않으려 해도 옆동 남자가 갑자기 치한으로 돌변할지도 모르는 상황을 염두에 두지 않을 수 없었기 때문이다. 여의 난데없는 용기는 기능 잃은 자궁에서 나오는 것만 같았다. 여는 동행치고는 너무 무서운 동행을 고른 것이었다.

외등과 실내등을 다 끄고 열어준 문으로 여는 가볍게 빠져나갔다.

"조심해."

더듬듯이 겨우 이렇게 말해놓고도 나 자신의 뻔뻔스러움에 놀라고 있었다. 유가 무사히 돌아오고, 그리고 내일 서울에 도착하면, 나는 유와 결별을 해야 할 것 같았다. 나는 그저 선 채로 한참을 있었다. 빗소리가 두 귀를 가득 메워왔다.

내가 다시 이성을 수습하는 데는 약간의 시간이 필요했다. 어떤 불행한 일이 일어난대도 내가 끼여들 수 있는 여지가 보이지 않아서였다. 나는 차라리 마음 편히 있기로 했다. 무슨 일이 닥치면 그때 가서 맞닥뜨리는 거다. 마음을 다잡았다. 거짓말처럼 마음이 편해졌다. 생각하면 아무 일도 아닐 수 있었다. 여의 노심초사가 부풀린 나쁜 암시를 낙관과 이성의 힘으로 불어 날렸다. 그러자니 드디어 내가 바라던 혼자만의 시간이 왔다는 것을 느낄 수 있었다. 불안을 지불하고야 화평은 온다. 화평을 유지한다는 게 그래서 해탈의 경지라는 것이다. 내가 내 안에 가득 차 오르고 우주의 질서정연함이 몸의 모든 세포로 충만하게 느껴지는 순간이었다. 문에서 무슨 소리가 들렸다.

똑똑똑.

문을 두드리는 소리였다.

"누구세요? ……자기야?"

유를 부르는 애칭이 튀어나왔다. 대답이 없었다.

"누구세요?"

문에 대고 다시 물었다.

"저기, 혼자 계시지 말고 나와서 맥주라도 한잔하시죠."

낯선 남자의 음성이었다.

"아니 됐어요."

내 손이 문에 달린 걸쇠를 확인했다.

"에이 그러지 마시구요, 밖 시원한데요. 달도 좋구."

다른 남자들의 웃음소리가 들렸다. 얌마, 비 오는데 달이 어딨냐. 할래면 좀 제대로 해라 어쩌고.

"예, 됐습니다."

나는 보다 사무적으로 말했다. 그러고는 조용조용 창문께로 가 걸쇠를 채웠다. 싱크대 옆의 창은 그러나 걸쇠가 걸리지 않았다. 가스선 때문에 조금 벌어진 틈이 있어서 문의 아귀가 맞지 않기 때문이었다. 도로 자리에 와 앉는데 눈길이 자꾸 그 창으로 가 멎었다.

남자는 가지 않고 다시 문을 두드렸다. 화를 낼 수 있는 상황도 아니어서 그저 잠자코 있기로 했다. 한 번 문을 더 두드리더니 조금 있자니까 자박거리는 발소리가 들렸다.

그러나 차로 간다면 삼십 분이면 뒤집어쓸 거리를 간 지 한 시간이 가까워오도록 여가 돌아오지 않았다. 여야말로 무슨 일이 있는 걸까 불쑥 걱정이 자라오르기 시작했다. 왜 여도 이렇게 늦는 걸까. 걱정은 짜증으로 변했다. 여가 떠난 지 한 시간이 넘었다. 온몸의 살갗이 쫙 조여드는 느낌이었다. 걱정은 두려움이 되었다가 분통으로 변했다.

그러다 한순간이었다. 이상한 한기가 머리를 쳤다. 마치 뇌의 한 부분이 통증 없이 잘려나가고 그리로 시원한 바람이 몰아쳐들어오는 듯했다. 내가 왜 여태 그 생각을 못 했을까, 좀 늦었지만 너무 뻔한 사실이 자각되었다. 그것은, 어쩌면 유와 여는 돌아오지 않을지도 모른다는 사실이었다. 시간이 흐를수록 그것이 명료한 사실로 드러나는 것 같았다. 유도 어쩌면 이번 여행이 정식으로 하는 청혼이 될까 봐 두려웠는지 몰랐다. 그도 어쩌면 요즘, 자기에게 안식처가 될 만한 여자를 찾고 있는지도 몰랐다. 그를 안식하게 할 정신적인 힘인 사랑과, 현실적인 능력인 경제력이 있는 여자. 마지막으로 정말 그런 여자가 나말고 없는지, 나를 진정으로 사랑하기는 하는 것인지 회의하고 있는지 몰랐다. 이번의 동행은 순전히, 갑자기 찌그러져버린 그의 차 때문인지 몰랐다.

'비가 와서 사진 못 찍었거든. 하는 수 없이 새벽에 촬영하려고 그냥 가까운 데서 잤어. 전화해보니까 안 되더라. 언니랑 잘 있었지?'

그가 댈 수 있는 핑계란 얼마든지 많았다.

여도 나와 여기서 갇혀 있는 것이 좋을 리 없었다. 집에서도 어쩔 수 없이 나와 사는 것일 테니까. 여는 갑자기 그 남자가 보고 싶어서 견딜 수 없는 기분이 되었을지도 몰랐다. 기숙사 사감처럼 지키고 있는 나로부터 벗어날 수 있는 유일한 밤, 그녀는 자기 애인에게 달려갔을 것이다. 아니면 오늘 밤 혼자서 집에 퍼질러 앉아 야식을 걸게 차려 먹을지도 몰랐다.

'그때까지 시외버스 막차가 있더라. 출발하려는 차에 막 올라타고 나서야 너한테 연락이 안 된다는 생각이 나는 거야. 유, 바로 돌아왔지?'

모두 먹통 휴대폰을 핑계 대고 비밀스런 자유를 누릴 것이었다. 이 깊은 숲, 깊은 방 드디어 나는 진정으로 혼자가 된 것이었다. 마침내 나의 소망이 이루어진 것인가, 아니면 혼자 남겨진 불행한 운명의 참화가 일어난 것인가.

내가 혼자 있는 것을 아는 때문인지 옆동 남자들의 목소리는 점점 드세졌다. 창까지 다가와 공연히 뻘건 웃음을 흘려놓고 가기도 했다. 짝이 없는 두 남자, 한 남자는 여와 산길을 내려갔고 이제 혼자 남은 수컷이 나를 노릴지도 모른다는 환각에 가까운 공포가 척추를 훑어내렸다. 나는 냉정히 결정해야 했다. 신뢰와 이성을 되찾고 여와 유를 조용히 기다릴 것인가, 여기서 조리용 칼이라도 들고 나를 지키며 밤을 새울 것인가, 아니면 불안을 숨기지 않고 여와 유를 찾아서 어둠 속을 달려 내려갈 것인가, 그것도 아니면 칼을 들고 저 밖의 남자들 중 비교적 착해 보이는 한 남자를 택해 밤길의 동행을 부탁할 것인가.

남자들의 웃음소리가 짓궂어지고 가까워졌다. 일부러 현관문에 몸을 쿵 찧기도 했다. 손잡이를 딸각거리는 소리가 들리는 것도 같았다. 저 남자들이 문을 열기로 한다면 못 열 것이 없었다. 나는 조심스레 조리용 칼에 손을 갖다댔다. 그때, 자갈길 쪽에서 높은 톤의 말소리가 어수선하게 건너오기 시작했다. 여의 말소리 같았다. 시외버스를 놓친 여와 옛날 애인을 못 찾은 유가 돌아오는 것일까. 그들이 내가 기다리던 관계의 실체인지는 모르지만 가슴이 저릴 만큼 반가움이 일었다. 내게 익숙하다는 점에서 저들은 일단 어둠보다, 낯선 남자들보다 안전하니까.

"왔어?"

반가운 마음에 문을 확 열어젖혔다. 내 눈을 덮친 건 수십 마리의 나방떼였다.

영화가 끝나고

윤애순

무엇이든 당신과 함께 먹겠어. 지난밤

살갑게 속삭이던 그를 기어이 보낸 이

유가 어렴풋이나마 의식되었다. 나는

혼자서 눈을 뜨고 싶었던 것이다. 잠

이 깨는 동시에 곁에서 들려오는 숨소

리를 듣는 일, 내 것이 아닌 팔이나 다리를 몸으로 느끼는 일, 나 아닌 다른 사람을 먼저 바

라보아야 하는 일. 그런 것들이 그의 말대로 두려웠던 것일까.

영화가 끝나고

그날 나는 그와 영화를 보았다. 모든 것을 빼앗아가는 재난 속에서도 오직 사랑만이 우리를 구원할 수 있다는 영화의 전언이 세 시간 반에 걸쳐 몽혼제처럼 관객에게로 스며들었다. 영화가 끝났을 때는 밤 아홉시쯤, 밖에는 비가 내리고 있었다. 부슬부슬 빗줄기가 허공에서 흩어져버리는, 그런 비였다. 아직 영화에서 채 깨어나지 못한 사람들이 둘씩 혹은 하나씩 빗속으로 스며들어갔다. 우리도 그 뒤를 따라 천천히 거리로 걸어나왔다. 비를 맞고 있다는 느낌이 들지는 않았지만 곧 얼굴이 축축해졌다.

"배고파요?"

그가 물었다. 나는 고개를 저었다. 비가 이슬처럼 얹힌 그의 머리카락이 거리의 불빛을 받아 반짝였다.

"술을 한잔할까요?"

다시 그가 물었다. 그의 등뒤 작은 골목 안으로 붉은 전자간판이 보였다. 카사블랑카. 삼십여 년 전, 내가 태어날 무렵에 붙여졌을 것 같은 이름이 마음을 끌었다. 나는 고개를 끄덕였다.

술집 안은 발 밑이 보이지 않을 정도로 어두워 나는 얼핏 그의 팔을 잡았다. 조명이라고는 없는 어둠 곳곳을 반딧불을 모아놓은 것같이 환한 빛무더기 몇 개가 장식하고 있었다. 우리 앞으로 그 빛무더기 하나가 다가왔다. 가느다란 초 두 대가 꽂힌 은색 촛대를 든 웨이터였다.

웨이터가 테이블 위에 촛대를 올려놓고 가버리자 어둠 속에 그와 나, 둘이 고립되어버린 기분이 들었다. 두 대의 가는 촛불이 밝힐 수 있는 범위는 그다지 넓지 않아서 그의 머리와 이마, 눈자위까지가 희미한 빛의 언저리에 있었다. 내 시선을 느낀 그가 씨익 웃었다. 빛이 닿는 붉은 입술과 흰 이가 어두운 눈 그늘 아래로 선명했다. 턱을 괴고 있는 셔츠 소매도 부시도록 희어 보였다. 작은 빛과 함께 다가온 웨이터가 밑이 넓고 둥근 크리스털 잔에 붉은 와인을 따랐다. 먼지와 코르크와 숙성된 알코올의 냄새로 가슴이 뻐근해왔다.

와인병이 거의 비었을 때 그가 호주머니에서 기다란 플라스틱 빨대 하나를 꺼냈다. 그는 한 손으로 조금 남은 와인을 자기 잔에 따르고 병을 거꾸로 들고 흔들었다. 그리고는 하루 동안 거칠하게 자란 입가의 수염 자리를 한쪽으로 씰룩이며 장난스럽게 웃었다. 병을 입에 대고 불어 짧은 고동 소리를 두 번 만들더니 병 끝을 입에서 코를 향해 움직이며 눈동자를 잠깐 모았다가 나를 보았다. 그는 아까 꺼내놓았던 빨대를 병에 밀어넣었다. 그리고 오른손으로 병에 대고 손바람을 불기 시작했다.

빨대가 조금씩 떠올랐다. 그는 손바람을 멈추고 나를 보고 웃었다. 나는 웃지 못했다. 그는 또 손바람을 불었다. 빨대가 병 주둥이까지 떠올랐다. 그는 어깨를 으쓱했다. 그리고 다시 나를 보고 눈을 바보스럽게 찡긋대며 웃었다. 처음 보는 모습이었다.

서른여섯, 국영기업체의 과장, 여섯 살짜리 아이가 딸린 이혼남의 모습에서 그는 우스꽝스럽고 생기 있는 마술사가 되어버린 것이다. 그는 내 눈을 똑바로 보며 한 번 더 손바람을 불었다. 그의 눈에서 시선을 비끼지 못한 채로 나는 그의 오른손이 넓게 펴진 날개 같다고 생각했다. 빨대가 병을 훌쩍 벗어나와 테이블 위로 떨어지는 것이 언뜻 보였다. 그는 여전히 웃고 있었다. 자신 있는 어릿광대의 웃음. 나는 잔을 들어 고개를 뒤로 젖히고 남은 와인을 모두 마셔버렸다.

집으로 돌아오는 택시 안에서 나는 줄곧 내 머리를 그의 어깨에 얹고 있었고 그의 오른손은 내 왼쪽 가슴께에 손바람을 불고 있었다. 거기, 무겁게 가라앉아 있던 내 심장이 그의 손바람을 따라 흔들리며 조금씩 떠올랐다. 그는 손바람을 멈추고 손가락으로 더듬어 그 위치를 확인했다. 어디까지 왔니, 나는 그의 손가락을 따라 물었다. 어디까지 왔니, 조금 더, 조금만

더. 갈망으로 단단해진 젖꼭지가 그의 손가락에 잡힐 때쯤에
우리는 택시에서 내렸다.

"저런."
그가 땀으로 엉긴 내 긴 머리카락을 빗어내리던 손가락질을
멈추고 짧게 내뱉었다. 내 방 침대 위, 창으로 흘러들어온 도시
의 불빛 속에 우리는 누워 있었다. 나는 그의 시선을 따라갔다.
베란다 쪽으로 난 창이 조금 열린 곳에 토비의 머리가 보였다.
연초에 친구 성희에게서 억지로 떠맡다시피 한 강아지였다.

"망할 것, 잠깐 방심했더니 새끼를 가져버렸지 뭐니."
털이 길고 몸집이 작은 강아지를 안고 온 성희는 무슨 대단
한 스캔들이나 전하는 사람처럼 목소리를 낮추고 킬킬거렸다.
취미 없어, 그렇게 거절했지만 성희는 막무가내였다.

"빈집보다는 나을 거야. 이래봬도 요크셔 피를 받았다고. 아
무래도 암놈이 낫지 않겠니? 아무리 개지만 혼자 사는 여자한
테 수컷은 좀 그렇잖아."
결국 나는 그 강아지를 받았다. 성희의 말이 어디까지 갈지
알 수 없었기 때문이다. 그때쯤 나는 이미 혼자 사는 젊은 여
자의 사생활이란 주변 사람들의 농담을 가장한 관심의 대상이
라는 걸 알 만큼은 되어 있었다.

"우리 애들이 이름은 벌써 지어놨어. 토비라고."
성희는 그렇게 이름까지 일러주고 갔다.
다행히 토비는 얌전했다. 짖는 일도 거의 없었고 주는 대로
먹고 거실 한구석의 제자리에 엎드려 있거나 소파 한구석에

올라앉아 있곤 했다. 나는 토비와 함께 밥을 먹었고 토비를 데리고 아파트 단지 주위를 돌았다. 나를 방해하지 않는 동행을 가진다는 것은 괜찮은 일이었다.

"우리를 보고 있어."

그는 빈 병에서 빨대를 불어 올렸을 때 같은 자신감이 실린 목소리로 내게 말을 놓고 있었다. 석 달 전 처음 만났을 때부터 아까 영화를 볼 때까지 줄곧 수줍고 머뭇거리던 그는 누구였을까, 하는 생각이 잠깐 머리를 스쳤다.

"내 식구예요."

"식구?"

그가 이마를 가린 내 머리카락을 걷어올렸다. 얼굴이 말갛게 씻기는 것 같아 나는 눈을 감았다.

"그래요. 나와 함께 밥을 먹거든요. 난 식탁에서, 토비는 그 아래서 말예요."

"식구란 말이지?"

그가 낮게 웃으며 내 머리를 받쳤던 팔을 빼 팔베개를 하고 반듯이 누웠다. 침대의 스프링이 쿨렁였다. 오랜만에 느껴보는 리듬이 내 몸을 편안하게 흔들었다. 나는 몸을 굴려 엎드리며 나이트스탠드 위의 담뱃갑에서 담배 한 개비를 빼 물었다. 불을 붙이고 깊이 한 모금을 빨아들이면 그 편안함이 완벽해질 터였다.

"담배는 몸에 해로워."

그가 몸을 돌려 나를 보고 있었다. 라이터를 쥔 채로 내 오른손이 굳었다. 그가 손을 뻗어 허리에서 어깨를 향해 내 등을 천천히 쓸어올렸다. 나는 몸을 떨었다. 그의 손바닥이 스친 곳마다 오랫동안 내 몸 속 깊은 곳에 단단히 얼어 있던 욕망이 성에처럼 솟아오르고 있었다. 냉동고에서 꺼내놓으면 안의 냉기가 솟아 금방 붉은 표면을 하얗게 덮어버리는 얼린 홍시처럼. 그의 뜨거운 손이 어깨에서 팔꿈치를 지나 손목으로 내려왔다. 라이터를 쥔 내 손이 힘없이 풀어졌다. 그의 입술이 다가왔다. 나는 아직 담배를 물고 있었다. 까슬한 수염 자리가 볼에 닿았다. 그의 혀가 내 입술 끝을 안타깝게 핥았다. 내 몸을 뒤덮었던 성에는 녹아 끈적이는 땀이 되었다. 나는 담배의 필터를 꽉 물었다. 내 몸은 아까와 달리 반응하고 있었다. 그에 저항하며 동시에 그를 요구하고 있었던 것이다. 나는 담배를 뱉고 그의 혀를 받아들였다.

"난 무엇이든 당신과 함께 먹을 수 있어. 당신에게 다른 식구가 필요 없도록 말야."

두번째 관계가 끝났을 때 그는 내 귓바퀴에 입술을 대고 속삭였다. 열린 창을 보았다. 토비는 보이지 않았다.

"좀 씻어야겠어."

그가 내게서 몸을 떼내며 말했다.

"아이가, 기다릴 거예요."

그의 벗은 등이 멈칫했다. 그는 천천히 몸을 돌려 나를 보았다.

"두려운 거야?"

그가 살피는 눈으로 나를 보았다. 아마 그는 내 얼굴에서 아무런 기색도 찾아내지 못했을 것이다. 나 스스로도 그 답을 알지 못했으므로. 어둠 속에 흐릿한 침대 시트의 체크무늬를 손가락으로 따라 그리며 나는 그와 가진 두 번의 정사(情事)에 대해 생각했다. 처음 나는 편안하고 나른하고, 그리고 조금 슬펐다. 뭐랄까, 나는 그의 존재를 따로이 느끼지 않으며 그대로 만족했던 것이다. 마치 자웅동체처럼. 두번째 나는 욕망했고 저항했다. 알맞게 따뜻한 공기처럼 친숙하고 편안하게 내게 스며들었던 그가 자리를 바꿔 내 격렬한 욕망의 대상이 되었다. 그는 말했다, 난 무엇이든 당신과 함께 먹을 수 있어. 첫 관계 후였더라면 나는 대답했을 것이다. 그래요, 그렇게 해요. 이혼한 지 이 년, 오랜 외로움으로 차갑게 굳은 내 몸을 따뜻하게 감싸는 것만으로도 그는 내게서 그 대답을 끌어낼 수 있었을 터이다. 그런데 지금은……

"두려워하지 말아. 그리고 들어줘. 아이 엄마는 발레를 전공한 여자였어. 대학 다닐 때 만났지. 그 여자는 화장을 굉장히 짙게 했고 발끝에서 머리끝까지 언제나 긴장해 있었어. 난 그 여자가 화장을 지우고 긴장을 풀고 편안히 있는 모습이 보고 싶었어. 그게 사랑이라고 생각했지. 그 여자는 그런데 그걸 견디지 못했던가 봐. 아침에 눈뜨면 어느새 화장을 마친 얼굴을 하고 꼿꼿한 자세로 나를 보고 있었지. 그 표정은…… 그래, 준비를 마치고 무대에 선 배우가 텅 빈 객석 한구석에 빗자루를 들고 서서 기다리고 있는 청소부와 눈이 마주쳤을 때의, 그런 표정이었을 거야. 난 알아. 매일 내가 출근하기 위해 집 앞 골목을 돌아서는 순간에 그 여자도 문을 잠그고 집 밖으로 뛰쳐나갔으리라는 걸. 아이를 가졌을 때 그 여자는 아이를 죽이고 싶어했어. 나 몰래 병원에 갈까 봐 어머니를 오시게 했지. 어머니가 오신 날 여자는 묘한 얼굴을 하고 웃었어. 그때 잠깐, 내가 그 여자에게 못할 짓을 하고 있는 건 아닐까 의심이 들더군. 이상한 일이지. 그때부터 난 여자와의 이별을 준비하고 있었는지도 몰라. 아이를 낳은 후에도 난 어머니를 보내지 못했어. 오늘일까, 하고 집으로 돌아와 보면 여자는 짙게 화장한 얼굴로 아이를 들여다보고 앉아 있었지. 여자는 그렇게 사 년 삼 개월을 앉아 있었어. 기대 밖으로, 오랜 시간이었어. 어느 날 여자가 보이지 않았을 때 난 오히려 안심했지. 그만큼 지쳐 있었던 거야."

그의 긴 이야기가 끝났을 때 난 담배 한 개비를 다시 뽑아 들었다. 그는 아무 말도 하지 않았다. 그러나 그의 입귀가 굳어지는 것을 나는 보았다. 라이터 불에 대고 나는 필요 이상으로 길게 담배를 빨아들였다. 머뭇거리는 것으로 보이고 싶지 않아서였다. 그를 의식하고 있었던 것이다. 그는 천천히 옷을 입고 내 어깨에 잠시 손을 얹었다가 돌아서 나갔다. 덜컥, 문 닫히는 소리가 들리고 나는 그의 손이 얹혔던 어깨를 편안히 내려놓으며 깊이 담배를 빨아들였다. 답답하던 가슴이 확 터지면서 눈꼬리에 알 수 없는 눈물이 고였다.

다음날 아침 창으로 스며든 햇빛이 눈꺼풀 아래 어둠을 밀어내고 붉은빛의 그늘을 드리울 때쯤 나는 잠에서 깨어났다. 안타까운 사랑을 받는 긴 꿈에서 깨었을 때처럼 내 마음은 달콤하고 서글펐다. 감동을 과장한 영화와 어두운 술집 테이블 위 촛불, 색이 짙은 와인 병 속에서 서서히 떠오르던 붉은 줄무늬진 흰색 빨대, 눈을 찡긋대던 그의 미소, 날개처럼 펄럭이던 그의 손. 그리고…… 입 안에 쓰게 남아 있는 담배 필터의 맛. 열린 창으로 여름 같지 않게 서늘한 바람이 스며들었다. 잔소름이 돋아 있는 몸을 두 손으로 천천히 쓰다듬었다. 팔에서 목, 가슴, 아랫배와 허벅지를. 또 한쪽씩 번갈아 무릎을 굽혀 다리를 들어올리고 내 종아리와 발가락을 가만가만 더듬었다. 서서히 안도감 같은 것이 몸을 채워갔다. 손바닥을 통해 나는 뭐랄까, 내가 거기 그대로 있음을 확인하고 있었던 것이다.

무엇이든 당신과 함께 먹겠어. 지난밤 살갑게 속삭이던 그를 기어이 보낸 이유가 어렴풋이나마 의식되었다. 나는 혼자서 눈을 뜨고 싶었던 것이다. 잠이 깨는 동시에 곁에서 들려오는 숨소리를 듣는 일, 내 것이 아닌 팔이나 다리를 몸으로 느끼는 일, 나 아닌 다른 사람을 먼저 바라보아야 하는 일. 그런 것들이 그의 말대로 두려웠던 것일까. 나는 가볍게 일어나 가운을 걸쳤다. 침대를 내려설 때 두 다리가 스치는 촉감이 보송하고 산뜻했다. 음악을 틀고 커피를 끓이고…… 생각이 없을 정도로 습관이 된 아침의 일과들이 새삼 소중해 한 가지씩 꼽으며 움직였다. 그러나 막상 나는 베이컨과 야채 조금, 롤빵 두 개를 앞에 놓고서 커피만 석 잔째를 마시고 있었고 띵동, 벨이 울리자 가운 앞자락을 밟으며 고꾸라질 듯 인터폰으로 달려갔던 것이다. 부옇게 켜진 인터폰에는 아무런 영상도 비쳐 있지 않았다. 걸쇠를 벗기지 않은 채로 문을 밀어 열자 조그만 우유팩이 보였다. 우유였구나. 손을 내밀어 팩을 집어드는데 무언가 평소와 다르다는 생각이 들었다. 우유 배달부의 기척을 느끼면 어느새 문으로 나와 밖을 내다보던 토비가 보이지 않았던 것이다.

"토비!"

우유팩을 들고 거실로 올라서며 나는 크게 토비를 불렀다. 토비는 오지 않았다. 토비, 토비! 나는 목소리를 높이며 토비의 자리로 다가갔다. 어젯밤 창 틈으로 그와 나를 들여다보던 동그란 두 눈이 생각나며 목소리가 높게 갈라졌다. 토비!

"자연스러운 일이잖아."

그렇게 말하면서 성희는 전화 저편에서 전혀 자연스럽지 않게 키득였다.

"너 나한테 그런 말 안 했잖아."

나는 목소리를 떨고 있었다. 심하게 모욕받은 기분이었다.

"너 우습다. 뭘 말하지 않았다고 그러는 거야. 이 강아지가 크면 개가 된다고 말했어야 한단 말이야?"

성희는 여전히 빈정거리고 있었다. 거실 한구석에서 눈동자를 불안하게 굴리며 앉아 있는 토비를 찾아낸 내가 몸에 손을 대려 하자 토비는 일어서더니 나를 피해 움직였다. 어딘지 불안하고 흥분한 몸짓이었다. 나는 놀라 입을 막았다. 토비가 앉았던 자리에 남은 핏자국을 보았던 것이다.

"별일 아니야. 그건 강아지가 컸다는 표시니까. 크면 생식을 해야 하는 건 당연한 거잖아. 그걸 가지고 호들갑을 떨다니 원,

고양이를 키웠으면 졸도를 해도 몇 번 할 걸 그랬구나. 고양이
는 발정기가 되면 말도 못 하게 울어댄다고. 견디지 못할 정도
로 말야. 거기 비하면 개야 점잖지. 육 개월에 한 번씩 생리가
있고 나면 한 삼주나 사주쯤이 발정기야. 그때 밖으로 내보내
지만 않으면 되는 거야. 조금 신경질적이 되기는 하지만 다른
변화는 없다구. 하긴……."

　성희가 말끝을 흐렸다. 나는 곁눈으로 토비를 살폈다. 토비
는 자기가 만든 핏자국 위에 앉아 불안하게 눈동자를 굴리고
있었다.

　"네가 계속 토비를 데리고 있으려면,"

　전화를 타고 들려오는 성희의 목소리가 갑자기 낮아졌다. 나
는 수화기를 귀에 바싹 갖다댔다.

　"수술을 받게 해주는 편이 좋을 거야."

　"수술……?"

　"그래. 난소를 떼버리는 수술."

　"성희야, 어떻게……."

　이제는 목소리뿐 아니라 몸까지 떨려왔다. 그러나 성희의 말
소리는 점점 더 냉정해졌다.

　"그 편이 좋아."

　"너."

　과일 씨앗이라도 걸린 것처럼 불편한 목을 나는 간신히 가
다듬었다.

　"정말 나쁘구나. 어떻게 그런 일을…… 그런 자연스럽지 못
하고 잔인한 일을……."

나는 성희가 보고 있기나 한 듯이 고개를 수화기에서 돌렸다. 눈에 눈물이 고이고 있었다. 장난스럽지도, 조금 전처럼 낮고 은밀하지도 않은, 타이르듯 고르고 부드러운 목소리가 들려왔다.

　"토비는 들개도, 늑대도 아니야. 마당이 있는 집에서 사람이 먹다 남은 밥을 먹고 저녁이면 자유롭게 동네를 나다니는 시골개도 아니고. 모르겠어? 토비에게는 네가 주는 특별한 먹이가 필요하고 자라는 이 때문에 뼈다귀 모양의 단단한 비스킷을 긁는 일도 필요해. 신선한 물도, 저녁이면 네 곁에서 안심하고 할 수 있는 산책도."

　"그게, 무슨 상관이야? 도대체……"

　말이 목에서 멈췄다. 내가 소리를 높여 묻고 있는 질문에 대한 답이 스스로 떠올라 하던 말을 막아버린 것 같았다. 성희의 억양 없는 말소리가 느리게 이어졌다.

　"적어도 여섯 달에 한 번씩, 빠르면 넉 달에 한 번씩 한 달가까이 토비는 욕망에 시달릴 거야. 수술을 받는다면 그런 일은 없어. 토비는 네가 부르는 소리에 기뻐 꼬리를 흔들고 네가 주는 먹이로 만족하며 잠깐의 산책을 빼고는 네 좁은 거실에서 조용히 여태껏처럼 잘 지낼 수 있게 되지. 애당초 자신에게 그런 욕망이 있었다는 걸 다 잊고……"

　"성희야,"

　"어느 편이 더 잔인하다고 생각해? 실현할 수 없는 욕망이면 아예 잊는 편이 좋지 않아?"

　말꼬리가 가파르게 높아지다가 뚝 끊겼다. 그리고 곧 아주 낮게, 혼잣말처럼 중얼거리는 소리가 귀에 들어왔다.

"아직 모르니? 하긴 나도 이제야 알아차렸어. 우리도 마찬가지라는 걸……."

성희의 목소리가 멀어졌다. 나는 꼭 움켜쥔 수화기를 아프도록 귀에 눌러댔다. 당신은 결혼이 무언지 전혀 모르는 사람이야. 헤어진 남편의 목소리가 희미하게 울렸다. 결혼했으면 포기할 줄도 알아야 하지 않을까? 결혼한 부부가 아이를 갖자는 일이 그렇게 받아들일 수 없는 요구인가? 내겐 시간이 필요해, 여보. 앞으로 몇 년이면 나도 병원에서 자리를 잡을 수 있다구. 그때…… 난 지금 서른넷이야. 당신이 말하는 몇 년 후면 사십이 다 돼가지. 난 당신과 우리 가정을 책임질 자신이 있어. 나 자신은 내가 책임져. 그러려면 왜 결혼했지? 수화기로 눌린 귓바퀴가 점점 뜨거워졌다. 결혼이 그런 거라고, 적어도 당신이 생각하는 결혼이 그런 거라고 왜 미리 얘기하지 않았어? 당연한 거니까. 당연? 삼십 년 가까운 내 삶을 아무것도 아니게 만드는 일이 당연하다는 말이야? 나는 다시 한번 마음속으로 묻는다. 알아? 당신이 내게 요구한 건 나를 포기하는 일이었다는 걸. 뚜-뚜-뚜-뚜- 수화기에서 울리는 신호음이 내 물음을 차갑게 거부한다. 그래, 당신은 내게 이런 식의 대답밖에 하지 않았지. 꼭 같은, 그래서 아무 의미도 없는 거부가 당신과 사는 동안 계속되었어.

"몰라. 아니, 성희야, 그렇지 않아."

뚜-뚜-뚜- 이어지는 소리에 대고 나는 소리쳤다.

그는 거의 매일 밤 내 아파트로 왔다. 나는 그와 저녁을 먹고 술을 마시고 섹스를 했다. 섹스가 끝나면 나는 담배를 피워 물었고 그는 매번 내 귀에 대고 안타깝게 속삭였다. 가고 싶지 않아. 그는 무언가가 채워지지 않았다고 생각하는 것 같았다. 그러나 여전히 나는 아침에 혼자서 눈을 떴다. 둥근 형광등 하나만 달랑 달려 있는 넓고 깨끗한 천장이 제일 먼저 눈에 들어오고 아아, 기지개를 켜며 내는 내 한숨 소리가 제일 먼저 들렸다. 힘들고 긴 꿈의 끝처럼 내가 온전히 거기 있다는 걸 확인하면서 나는 한편 허전하고 한편으로 안도했다.

성희의 말대로 토비는 특별한 변화를 보이지 않았다. 그러나 눈을 뜨고 있는 동안 쉬지 않고 눈동자를 굴려대는 모습이 흥분하고 신경질적이 되어 있기는 한 것 같았다. 매일 하는 산책을 중단해서인지 자주 문 앞에서 길게 짖었다. 그 소리가 내 결정을 재촉하고 있는 것으로 느껴졌다. 토비는 들개도 늑대도 아니야. 이젠 그런 식으로 살아갈 수 없다구. 실현할 수 없는 욕망이면 차라리 잊는 편이 좋아. 성희의 말소리를 생각하며 난 토비를 안고 중얼거렸다. 그럴 순 없잖아. 그렇지, 토비?

그가 갑자기 발길을 끊었다. 전화도, 호출도 없었다. 토비가 피를 보인 지 삼주가 돼가고 있었다. 토비는 아예 출입문 곁으로 자리를 옮겨 앉았다. 그가 소식을 끊은 지 닷새째, 문을 보고 짖는 토비의 울음소리가 귀에 거슬리기 시작했다. 일을 마치고 집에 돌아와 문을 열면 오래 깎아주지 않아 긴 털 속에서 어지럽게 구르는 토비의 둥근 눈동자를 보는 일도 힘이 들었다. 하루가, 정확히는 하룻밤이 너무 길었다. 아침에 눈을 뜨면 끄응끙, 개 울음소리에 쓸쓸함이 가슴 가득 밀려들었다.

그가 소식을 끊은 지 열흘이 지났다. 토비는 조금씩 조용해져가고 있었다. 나는 여전히 문에 붙어 있는 토비를 안아 들었다. 이제 우리의 생활로 돌아가야겠구나. 거의 한 달 만에 나는 토비를 안고 집 밖으로 나왔다.

텅 빈 놀이터 위로 아직 푸른빛이 남은 하늘에는 가는 달이 떠 있었다. 키보다 낮은 정글짐을 오르내리던 아이들도, 길이가 1미터나 될까 한 흔들다리를 건너고 돌아서 다시 건너며 흥분으로 볼을 붉히던 아이들도, 모래가 눈에 들어가거나 미끄럼틀을 거슬러오르다 미끄러져 내려오는 아이와 부딪쳐 울던 아이들도 다 집으로 돌아간 시간이었다. 아마도 제일 늦게까지 남아 있던 아이가 앉았을 그네 하나가 아직도 흔들리고 있었다. 나는 그 그네에 앉으며 토비의 머리를 쓰다듬었다. 삼 주쯤 지나면 괜찮다고 했는데, 이제 괜찮니? 토비의 체온이 따스하면서도 쓸쓸하게 느껴졌다. 그래, 우리 힘들더라도 참으면서 함께 살자. 모두 다 가질 수는 없는 거야, 개든 사람이든. 그렇지? 무엇을 포기하고 무엇을 지킬 것인지 어디까지나 선택의 문제인 거야. 토비의 목덜미에 얼굴을 묻는데 갑자기 토비가 버르적거렸다. 개였다. 몸집이 제법 큰 누런 개 한 마리가 우리 주위를 맴돌고 있었다. 설마, 나는 토비를 안고 일어서며 주위를 두리번거렸다. 아무도 보이지 않았다. 놀이터는 아파트를 등지고 있어서 경비 아저씨도 볼 수 없었다. 개는 조금씩 반경을 좁히며 우리 곁을 맴돌았다. 제발, 나는 움직이는 개를 따라 돌며 조금씩 뒷걸음질쳤다. 등을 보이면 금방 달려들 것 같았다.

컹! 크지도 위협적이지도 않은 짧은 한 소리와 함께 나는 반소매 밖으로 드러난 팔에 갑작스럽고 날카로운 아픔을 느꼈다. 안 돼—내가 길게 소리쳤지만 토비는 내 팔을 빠져나간 후였다. 토비와 그 개는 내 앞에서 두 개의 원을 그리며 돌고 있었다. 토비가 안쪽의 작은 원을, 바깥쪽으로 그 개가 큰 원을. 나는 아픈 팔을 쥐고 다가섰다. 토비! 토비가 잠깐 납작 엎드리는가 싶더니 그리던 원을 훌쩍 벗어나 뛰기 시작했다. 그 뒤를 누런 개가 따랐다. 나는 그 자리에 쭈그려 앉았다. 저만치서 둘은 다시 원을 그리며 서로의 주위를 돌았다. 두 개의 원이 접점을 이루었다가 다시 멀어지고 또다시 만났다. 절박한 유희. 나는 고개를 숙이고 구역질을 했다. 눈물이 어룽한 눈을 껌벅이며 나는 천천히 일어섰다. 결코 돌아보지 않으리라. 토비는 이제 나와 함께 지낼 수 없게 된 것이다. 그것은, 토비의 선택이었다.

엘리베이터가 팔층에 멈췄다. 된장국 냄새가 내 아파트와 4호 사이 좁은 공간에 가득했다. 팔목을 들어 시계를 보았다. 저녁 아홉시가 넘은 시각, 늦은 저녁의 냄새가 혼자가 된 나를 모욕하고 있었다. 나는 바쁘게 열쇠를 끼웠다. 따라들어오는 냄새를 밀쳐내듯 등뒤로 황급히 문을 잡아당겨 닫으려는데 몸이 휘청, 했다. 발 밑이 술렁, 깊은 어둠이었다. 토비, 낮은 내 목소리가 어둠 속으로 스몄다. 토비. 천천히 신발을 벗고 거실로 올라섰다. 자동응답기의 메시지를 알리는 초록색 불빛이 어둠 속에 혼자 깜박이고 있었다. 나는 눈을 감았다. 응답기 불빛의 잔상이 꼭 두 사람의 얼굴을 비출 수 있는, 그래서 서로가 상대의 얼굴밖에는 볼 수 없는 작은 불빛 무더기로 천천히 자라고 있었다. 이제는 내가 선택해야 할 차례였다.

"아이를 만나줘."

그는 다시 내게로 왔다. 내가 그를 부른 것이다. 돌아가고 싶지 않아, 속삭이는 대신 그는 그렇게 말했다. 습관처럼 담배를 뽑으려던 내 손을 꼭 쥐며 그는 말을 이었다.

"여섯 살이야. 곧 일곱 살이 되지. 이름은 채린이야, 김채린."

나는 그에게 쥐인 손을 꼼지락거렸지만 그는 내 손을 잡고 있는 손에 더 힘을 주었다.

"아이는 제 엄마를 기억하지 못해."

화난 것 같은, 사 년 삼 개월을 그렇게 앉아 있었지, 하고 말할 때와 같은 목소리였다. 다섯 살에 떠난 엄마를 여섯 살의 아이가 기억하지 못한다고? 납득이 가지 않았다.

"얼마 되지도 않았잖아요?"

내 목소리에 실린 턱없는 온순함에 귀를 막아버리고 싶어 나는 잠깐 눈을 감았다.

"제 엄마가 떠난 직후 채린이는 몹시 아팠어. 그때 다 잊어버린 모양이야. 나나 어머니나 아이에게 말했어, 엄마는 공부하러 미국에 갔다고. 그 말을 믿고 있는 거야."

"하지만……."

"두려워할 건 아무것도 없어."

그가 내 얼굴을 들어올려 눈을 마주 보았다. 그의 손 안에 쥐인 내 손에서 힘이 빠져나가는 것이 느껴졌다. 지금쯤 토비에게 바깥 세상은 얼마나 무서울까. 나는 뚜벅 말했다.

"토비가 가버렸어요."

커지는 그의 눈을 보며 나는 다급히 덧붙였다.

"이젠 돌아오지 않아요."

그가 내 머리를 쓰다듬었다.

"토비는 자기가 선택한 일이 어떤 건지 잘 몰랐을 거예요."

나는 마른침을 삼켰다.

"내가 뭘 잘못했던 걸까요?"

그가 내 손을 놓았다. 놓여난 손이 습관처럼 나이트스탠드 위를 더듬으려는 것을 나는 다른 손으로 가만히 쥐었다. 잊어버려, 이제 난 섹스 후에 담배를 피우지 않아. 가슴 밑바닥에서부터 조금씩 눈물이 차올랐다.

"날 믿어줘."

그가 모든 걸 이해하고 있는 것 같은 깊은 목소리로 속삭였다.

"우리, 한번 더 믿어보자구."

아이는 너무나 온순하고 너무 작아서 어떤 일에도 방해가 될 수 없을 것처럼 보였다. 소매 없는 흰 원피스를 입은 아이는 줄곧 나를 보고 있었다. 그런데 그 보는 방식이 조금 남달랐다. 이마에서 코로, 손톱을 보는가 하면 또 머리를 보고, 하는 식이었다. 결코 나를 제 시선 밖으로 두지는 않으면서 끊임없이 움직이는 엷은 갈색 눈동자가 어딘지 낯익었다.

　우리는 놀이동산에 있었다. 가장 자연스럽게, 하는 고심 끝에 생각해낸 장소였다. 그러나 아이는 전혀 놀이기구들에 관심을 가지지 않았다. 아이는 쉬지 않고 나만을 보고 있었다. 나는 아이를 인형이 많은 기념품 가게에 데려갔다. 아이는 제일 작은 인형을 골랐다. 저거 어때? 내가 옷을 갈아입힐 수 있는 큰 인형을 가리켰지만 아이는 돌아보려 하지 않았다.

　아이가 관심을 가진 것이 딱 하나 있긴 했다. 색깔이 화려한 막대 사탕. 내가 사탕을 사 들려주자 아이는 껍질을 벗기더니 막대 부분이 아니라 사탕을 손에 쥐었다.

　"거길 잡으면 안 되지."

　고쳐 쥐어주려 내가 손을 내밀자 아이는 한 걸음 팔딱 뒤로 물러섰다. 제 몸에 손을 대려면 불안스레 몸을 빼내던 토비같이 경계 가득한 몸짓이었다.

　"내버려둬요."

　여전히 내밀고 있던 내 손을 잡으며 그가 말했다.

　"채린인 단걸 좋아해. 그런데 먹는 방법이 좀 달라. 사탕을 주면 손 안에 꼭 쥐고 있다가 녹아 끈끈해지면 손을 빨아먹는 거야. 고치려고 해봤지만 안 돼. 좋은 점도 있어. 그렇게 단걸 좋아하는데도 그런 식으로 먹으니 하루에 사탕 한두 알을 먹을까 말까 하거든. 어머니도 크면 고쳐질 거라고 하시고 말야."

　아이가 빨간 혀를 길게 빼고 주먹 쥔 손을 빨았다. 여전히 눈동자를 굴려 내 여기저기를 보면서. 아, 나는 아이의 눈 속에서 또다른 눈동자를 보았다. 길게 자라 눈을 가린 털 속에서 쉴새없이 움직이던 토비의 눈동자. 순간 아이의 손처럼 끈적한 시선이 내 몸을 온통 진득하게 둘러 묶는 것 같아 나는 몰래 진저리를 쳤고 그것이 미안해 내 머리에 꽂혔던 핀을 뽑아 아이의 짧은 머리에 꽂아주었다. 아이는 나를 올려다보며 미소지었다. 아이의 엷은 눈동자가 내 시선을 받으며 처음으로 짧게 고정되었다. 그것은 배고픈 눈, 막무가내로 매달려오는 눈, 밀어낼까 두려워하는, 부담스러운, 그래서 피하고 싶은 눈……나는 내 마음 가는 곳이 두려웠다.

내가 병원을 쉬는 토요일, 채린이가 내게로 왔다. 여전히 단정하고 깔끔했지만 아이에게선 어딘지 독특한 분위기가 느껴졌다. 어쩌다 한 번씩 생각나면 물을 주는 일 외에는 손이 닿지 않아 긴 이파리 끝이 조금씩 말라가면서도 여전히 자라고 있는 내 거실의 난(蘭)에서 보이는 쓸쓸함 같은 것. 내가 간단한 청소와 밀린 빨래를 하는 동안에도 아이는 조금 떨어져서 끊임없이 움직이는 시선을 내게서 떼지 않고 있다가 내가 한 번씩 돌아보면 황급히 시선을 떨어뜨리고 사탕이 녹아 붙어 끈끈한 손가락을 빨거나 가늘고 짧은 다리를 뜻없이 흔들었다. 아이는 긴장하고 있었고 그 긴장이 전해져 나는 몹시 거북했다. 나는 아이를 소파에 앉히고 준비해둔 디즈니의 신데렐라 테이프를 틀어주었다. 아이는 쉽게 화면으로 빨려들어갔다.
"재미있니?"
열중해 있는 아이에게 내가 물었다. 아이는 표정 없는 눈으로 나를 돌아보았다.

"재미없어?"

"저 요술쟁이 할머니가 신데렐라 엄마예요?"

"아니, 신데렐라 엄마는 돌아가셨어."

"우리 엄마는 죽지 않았어요."

나는 두 손을 꼭 쥐었다.

"채린이, 엄마 생각이 나니?"

나는 맞잡은 두 손을 비틀며 아이에게 물었다.

"엄만 아주 예뻐요."

의외로 쉽게 아이는 대답했다.

"채린이처럼?"

"엄만 눈이 커요. 나도 엄마처럼 눈이 크면 좋은데…… 그래도 난 엄마를 닮았어요."

"그래, 채린이 눈도 작지 않아, 아주 예쁜 눈인걸."

나는 자기를 버린 엄마를 닮고 싶어하는 아이를 위로하고 싶었지만 아이의 얼굴은 그대로였다. 쉬임없이 움직이는 눈동자말고는 꽉 닫아버린 것 같은 얼굴. 이제 깨친 글자를 읽는 것처럼 억양 없는 아이의 말이 계속됐다.

"우리 엄마는 얼굴이 하얘요. 키도 크고 머리도 길어요."

나는 아이에게서 조금 떨어져 앉았다. 아이의 엷은 눈동자가 어깨까지 내려뜨린 내 머리와 살빛이 흰 얼굴을 스쳐 길게 발끝까지를 훑고 있었다.

"엄마는 아주 착해요. 아픈 사람을 고쳐주거든요."

맛, 있는 걸 해줄게, 더듬으며 벌떡 일어서다 나는 무릎을 테이블에 세게 찧고 주저앉았다.

"채린이는 당신이 미국으로 떠났던 엄마인 줄로 아는 모양이야."

나는 그의 머리맡에 앉아 당겨 안은 무릎에 턱을 얹고 밖을 바라보고 있었다.

"어머니가 그러시더군. 아이들에게 자랑하는 소리를 들으셨다는 거야."

닥닥다다닥닥, 작은 소리가 들려왔다. 토비를 놀이터에 두고 온 그날 내가 들었던 소리였다. 그날 밤새 나는 숨을 죽이고 그 소리를 들었다. 우리, 토비와 나는 그렇게 서로를 고문하고 있었다. 더 참을 수 없어진 내가 발소리를 죽이고 문으로 가 렌즈에 눈을 대고 밖을 보았을 때 밖은 어둠도 빛도 아닌 부연 새벽의 기운뿐이었다. 그후로도 나는 가끔 그 소리를 들었다. 토비가 떠난 지 한 달이 되어가고 있었다. 나는 무릎을 좀더 당겨 앉았다. 토비는 어딘가에서 더러운 모습으로 쓰레기통을 뒤지고 종일 아이들에게 시달려 지친 몸을 어느 한구석에서 한껏 웅크린 채 밤을 보낼 것이다. 벌써 발정기는 끝나고 토비는 자신을 몰아댄 욕망이 무엇이었는지도 기억하지 못하고 있을 터였다. 시간 맞추어 먹던 밥과 언제나 마실 수 있도록 준비된 깨끗한 물, 이빨로 긁거나 앞발을 가지고 놀리던 뼈다귀 모양의 커다란 비스킷을 왜 그렇게 떠났어야 했는지, 도대체 무슨 일이 있었던지를 짐작이라도 할 수 있을까. 닥닥다닥닥, 소리는 내 귀를 떠나지 않았다.

"어머니는 다시 형한테로 가시겠대. 우리 셋이 살아보라는 거야."

소리가 조금씩 더 커졌다. 그는 듣지 못하는 걸까, 나는 그의 얼굴을 보았다. 닥닥닥, 아무래도…… 일어서려는 내 발목을 그가 잡았다.

"내가 얘기했던가, 당신 발톱이 정말 예쁘다고?"

그가 내 발톱 하나하나에 입술을 갖다 댔다. 닥, 다, 다…… 소리가 천천히 멀어져갔다.

"우선 집을 얻자. 셋이 함께 가서 마음에 드는 집을 얻는 거야."

시간은 자꾸 나를 떠밀며 흘렀다. 가을이 제법 깊었을 때 그와 나는 각자의 집을 내놓았다.

그가 출장을 떠난 주말 나는 채린이를 데리고 있게 되었다. 아이는 여전히 눈을 불안하게 굴리며 내 주위를 맴돌았다. 변한 것은 되도록 내게 가까이 있으려고 한다는 점이었다. 가끔 내 손을 잡거나 내게 몸을 기대고 졸 때도 있었다. 아이는 위험스레 여겨질 만큼 여리고 부드러웠다. 그 촉감에 내 젖가슴 아래로 총총히 소름이 돋았다.

그날도 우리는 나란히 앉아 TV를 보고 있었다. 그렇고 그런 홈드라마였다. 남자가 병원 침대에 누운 여자를 위로하고 있었다. 힘들었지, 많이 아팠어? 아이를 낳은 여자가 눈을 곱게 흘기며 대꾸했다. 죽는 줄 알았어. 자기 원망을 얼마나 했는데. 채린이 나를 돌아보았다.

"아기를 낳을 때는 어디가 아파요?"

"배가 아프지."

"많이요?"

"그럼, 굉장히 아프단다."

아이가 꼴깍 침 삼키는 소리가 들렸다.

"날 낳을 때도 그렇게 아팠어요?"

아이의 눈길이 내 시선을 묶었다. 아이의 섬세한 눈시울에서 뻗어나온 속눈썹이 파르르 떠는 것을 보면서 나는 아이를 볼 때면 갈피 잡을 수 없이 뒤섞여버리는 내 마음결을 똑똑히 알아차렸다. 막무가내로 기대오는, 방어기제라고는 없는 타자(他者)에 대한 본능적인 두려움, 그로 인한 죄책감, 그저 피해버리고 싶지만 맞닥뜨릴 수밖에 없는 데서 오는 혐오감.

"난 지금 피곤하구나. 좀 누워야겠다."

나는 아이에게서 고개를 돌리고 일어섰다. 방문을 닫으려다 보니 아이는 머리를 깊이 숙이고 주먹을 빨고 있었다. 쪽쪽, 빨아대는 소리가 문을 닫은 후에도 내 귀에 울리는 것 같았다.

그의 집이 계약되었다.

그는 자기가 미리 봐둔 집을 나와 채린이에게 보여주고 싶어했다. 은행에서 만나지, 계약금을 찾아가지고 가자고. 마음에 들면 그 자리에서 계약하는 거야. 미룰 필요가 없잖아.

월말의 은행 안은 혼잡했다.

우리가 뽑아 쥔 번호표는 243번이었고 전광판에는 이제 212번이 붉게 깜박이고 있었다. 나는 그의 눈짓에 밀려 채린이를 무릎에 올리고 불편한 자세로 앉아 있었다.

"집이 아주 깨끗해. 수리한 지 얼마 되지 않았는데 집주인이 갑자기 해외 발령이 난 모양이야."

창구에서 고객의 이름을 부르는 소리, 저마다 지껄이는 사람들 소리, 번호가 바뀌는 걸 알리는 전광판의 벨소리 사이로 그의 말을 알아듣고 때맞춰 미소를 짓거나 고개를 끄덕이느라 시원한 은행 안에서도 코에 땀이 맺혔다. 게다가 채린이는 내 무릎 위에서 자꾸 몸을 비틀었다.

"방 두 개는 남향이야. 바닥에는 마루를 깔았더라구."

소음 때문에 그의 목소리는 점점 커져서 주위에 있던 사람들이 우리를 흘깃거렸다. 나는 자꾸 고개를 돌려 전광판을 확인했다. 그가 243번이 지정된 창구로 갈 무렵엔 무릎에 앉힌 채린이의 무게가 견디기 힘들도록 무거워져 있었다. 내가 채린이를 의자에 앉히고 일어서자 아이는 기다렸다는 듯 몸을 창구 쪽으로 돌려 앉았다. 그제야 나는 은행에 들어온 후로 아이가 한 번도 날 쳐다보지 않았다는 걸 깨달았다. 채린이는 입을 반쯤 벌리고 창구 쪽을 보고 있었다. 놀이동산의 놀이기구에도 흥미를 느끼지 못하던 아이가 은행의 무엇에 저렇게 홀려 있을까. 아이의 시선을 따라가던 내 눈에 창구에 선 그의 모습이 잡혔다. 나는 얼핏 고개를 돌렸다. 뒷머리를 짧게 쳐 올린 그의 뒤통수는 다른 사람보다 훨씬 짧았고 연두색 와이셔츠의 등판은 흉하게 구겨져 있었다. 거기에 줄이 풀린 갈색 바지까지, 그는 지치고 초라하고 낯설어 보였다.

"됐어."

어느새 곁에 와 선 그가 내 팔을 잡았다. 하얗게 드러난 이를 보며 나는 고개를 흔들어 조금 전에 본 그의 뒷모습을 털어냈다. 그가 아이를 불렀다.

"채린아."

여전히 창구 쪽을 보고 있던 아이는 부르는 소리를 듣지 못한 것 같았다.

"채린아, 가야지."

내가 아이의 팔을 잡았다. 아이는 돌아보지 않고 내 팔을 뿌리쳤다. 힘이 들어간 뿌리침은 아니었다. 그러나 그 속엔 세찬 거부가 있었다. 그의 얼굴이 굳어졌다.

"왜 이래, 채린아. 어서 가자니까."

그가 아이를 번쩍 안아올렸다. 아이가 두 다리를 버둥이며 애원했다.

"아빠, 잠깐만. 아빠, 잠깐만."

"왜 그러는 거야?"

그의 목소리가 높아졌다. 그에게서 벗어나려고 애를 쓰느라 새빨개진 얼굴을 아이는 한사코 창구 쪽으로 돌리고 있었다.

"엄마가……"

그가 문 쪽으로 걸음을 떼자 아이가 가는 두 팔로 그의 목을 끌어당기며 말했다. 꽉 잠긴 목소리가 소음 속에서 오히려 또렷했다. 그가 우뚝 섰다.

"엄마 이름을…… 3번으로 오라고……"

아이를 안은 채 그가 힘없이 주저앉았다.

"틀림없이 들었어, 아빠. 전에도 그렇게 불렀어. 엄마하고 여기 온 적이 있단 말이야. 이영옥이라고, 3번으로, 아빠 나 3번에 가보면……"

아이는 울고 있지 않았다. 그는 아이를 의자에 올려 앉히고 주위를 두리번거렸다. 의자 두 개를 건넌 발치에 빈 콜라병이 보였다.

그는 병을 주워 왔다. 병을 거꾸로 들고 흔든 다음 병에 대고 짧게 고동을 불었다. 병을 입에서 코를 향해 움직이며 잠깐 눈동자를 가운데로 모았다. 그리고 바지 주머니를 뒤져 긴 빨대를 하나 꺼냈다.

빨대는 이제 병 속에 있다. 그는 병을 아이에게 쥐어준다. 그의 오른손이 병에 대고 손바람을 분다. 그는 입술을 꽉 다물고 병 속의 빨대를 노려본다. 빨대가 조금씩 떠오른다. 우리 주위로 사람들이 하나씩 모여들고 있다. 그는 또 손바람을 분다. 그의 눈이 이상하게 번쩍인다. 빨대가 콜라병의 목까지 떠오른다. 짧고 노란 머리털을 한 아이가 엷은 갈색 눈으로 빨간색과 흰색의 줄무늬가 섞인 빨대를 보고 있다. 나는 깨닫는다. 내가 토비를 사랑하지 않았다는 것. 또 나는 아이를 사랑할 수도 없으리라는 것도. 나를 낳을 때도 그렇게 배가 아팠어요, 아이는 거짓을 물었고 나는 파르르 떨던 아이의 긴 속눈썹 앞에서 그저 고개를 돌려버렸던 것이다. 빨대의 끝이 병 입구 밖으로 조금씩 보이기 시작한다. 그의 오른손이 더 빠르게 움직인다. 빨대가 홀쩍 병 밖으로 솟아나온다.

그가 고개를 돌려 나를 본다. 아니, 시선을 내 쪽으로 돌렸지만 한없이 확대된 동공에는 초점이 잡혀 있지 않다. 나는 그의 소매를, 정확히는 그의 소매 끝에서 빨대로 연결된 거의 투명한 끈을 본다. 그때, 어둡던 카사블랑카에서는 보지 못했던 것. 그래, 우리는 부러 어둠 속에 있었던 것이다. 얼굴 하나도 다 비추지 못하는 촛불 빛에 짐짓 속아주면서. 한순간 그의 눈에 초점이 모인다. 채린이와 그, 그리고 나의 눈길이 정확히 마주친다. 그의 손에서 콜라병이 떨어진다.

쨍, 하고 콜라병이 암녹색 조각들로 튀어오른다. 연두색 셔츠와 갈색 바지를 입은 그 사람도, 분홍색 원피스를 입은 채린이도, 채린이 머리에 꽂힌 나비 모양의 커다란 핀도, 그리고 나도 따라서 그렇게 부서져 튄다. 예리하게 깨진 단면들이 섬뜩하도록 날카롭다. 붉은 줄무늬 진 흰 빨대만 온전히 놓여 있다. 우리는 서로의 모습에서 눈을 돌린다.

나는 천천히 돌아선다.

이제 영화는 끝났다. 준비도 없이 훌쩍 떠나려 했던 자리로 돌아가야 할 시간이다. 혼자서 내 부서진 조각들부터 주워 맞출 일이다. 어둠은 더 깊은 어둠으로 밝혀지지 않는 것이다.

콜링 유

이신조

이제 좀 자야겠어요. 잘덴이

여섯 알 남아 있네요. 여섯

알, 그 정도는 괜찮을 거예요. 참, 내 이름은 조윤선, 마흔두 살이에요. 나는 열일곱 살 때

부터 혼자 살았죠. 혼자 있는 것, 그건 작은 죽음의 경험이에요. 그렇지만 난 괜찮을 거예

요. 그런데 왠지 당신이 더이상 내게 팩스를 보내오지 않을 것 같다는 생각이 드네요. 어쨌

든 그 동안 고마웠어요.

콜링 유

　잘 때가 된 것 같다. 잘 땐 ZALDEN. 나는 티슈 위에 올려놓은 나사못 머리만한 하늘색 수면제 '잘덴'을 한 칸씩 날을 부러뜨려 쓸 수 있는 문구용 칼로 조심스럽게 이등분한다. 책상 한구석 휴렛 팩커드 데스크젯 610C는 혀를 빼물 듯 흰 종이를 토해내고 있다. 커튼 너머 창 밖은 아직 어둡다. 잠시 뒤 멀리서 늦은 해가 떠올라 좀 느닷없다는 느낌으로 겨울 아침이 시작될 것이다. 나는 물 없이 잘덴 반 알을 삼킨다. 일곱 시간 잠의 크기를 생각한다면 수면제 반 알은 좀 터무니없을 정도로 작다.

　전화기 옆에 놓인 디지털 시계는 AM 4 : 59를 표시하고 있다. 나는 노트북 컴퓨터의 전원을 끄고 전화기를 들어 숫자 버튼을 차례로 누른다.

– ##05

어제와는 달리 05는 일곱 번이나 발신음이 울린 뒤 전화를 받는다. 과음을 하지 않은 평소의 아침이었다면 발신음을 세 번 이상 넘기지 않는 05였다. ……여보세요, 예상한 대로 술과 잠에 취한 05의 목소리가 녹슨 자전거 바퀴처럼 쉿소리를 내며 갈라져나온다. 모닝콜 고객을 소개받은 인터넷 서비스업체의 고객 프로필에 따르면, 대기업 직원인 05(고객의 이름은 알려주지 않는다)는 출근 전 수영장과 영어회화 학원에 다니고 있다고 한다. 물론 프로필은 고객 쪽에서 제공한 것이므로 그다지 믿을 만하다고 볼 순 없다. 잠을 이기기 어려운 듯 불분명한 신음 소리를 내는 05의 피로와 숙취가 송수화기를 통해 전해져온다.

"안녕하세요, 고객님. '인터넷 굿타임'의 모닝콜 서비습니다. 2000년 1월 ××일 목요일 오전 다섯시 정각입니다. 서울 현재 기온 영하 2도, 습도는 35퍼센트. 감기 지수는 70으로 높은 편이지만 그렇게 추운 날씨는 아닙니다. ……고객님, 일어나셨습니까?"

"……아, 네."

"그럼 십분 뒤, 다섯시 십분에 다시 확인 전화드리겠습니다."

나는 전화를 끊는다. 가끔 술이 덜 깬 05의 목소리를 듣게 되는 건 대부분 술자리가 많게 마련인 금요일을 지난 토요일 새벽이었으므로 오늘은 좀 의외라고 할 수 있다. 전화를 끊은 05는 다시 이불을 뒤집어쓰고 수영이나 영어 강좌를 빼먹고 싶은 죽음 같은 유혹에 시달리고 있을 것이다. 나는 자리에서 일어나 오디오의 전원 버튼을 켠다. CD 플레이어를 작동시키고 트랙 5번을 일시 정지시킨다. CD 플레이어 안에는 미국의 얼터너티브 록 그룹 너바나(Nirvana : 涅槃)의 '네버마인드' CD가 들어 있다.

△△△-△△96

96의 전화는 언제나 자동응답기가 받는다. 나는 익숙한 동작으로 전화기를 오디오 스피커 앞에 바싹 가져다 놓고, 일시정지 버튼을 다시 눌러 CD 플레이어를 재생시킨다. 이내 음악이 흘러나오기 시작한다. 저혈압 환자의 불안한 심장 박동 소리 같은 단조의 베이스 기타음. 노래의 제목은 〈리튬Lithium〉이다.

'난 너무 행복해. 오늘 내 친구를 찾았거든. 그런데 그건 내 머릿속에 있는 얘기일 뿐이야. 난 너무 추악해. 그러나 괜찮아. 너 역시 그러하니깐. 우린 우리의 거울을 깨뜨려버렸지. …… 난 너무 외로워. 하지만 괜찮아. 난 내 머리통을 밀어버렸어. 난 슬퍼. 내가 할 수 있는 건 단지 모든 것에 화를 내는 것뿐이야. ……널 그리워하고 있어. 그렇지만 미쳐버리진 않을 거야. 널 사랑해. 미쳐버리진 않을 거야. 널 죽일 거야. 미쳐버리진 않을 거야. ……'

신빙성 없는 프로필일망정 96에 대해서는 05의 십분의 일만큼도 알지 못한다. '새벽 다섯시 오분 너바나의 네버마인드 앨범 중 5번 〈리튬〉 전곡을 들려줄 것. 기상 확인 전화는 필요로 하지 않음.' 96의 프로필은 그게 전부였다. 나는 96이 인터넷 업체에게, 인터넷 업체가 내게 보내온 돈으로 낚시 바늘에 꿰

인 지폐를 향해 물 속을 헤엄치는 벌거벗은 남자아기의 사진
이 찍힌 이 음반을 샀다. Lithium? 화학 시간에 배웠던 그 리
튬? 나는 사전을 찾아보았다. 알칼리 금속 원소의 하나, 가장
가벼운 금속, 원소 번호 3번, 원소 기호 Li.

I like it, I'm not gonna crack. I miss you, I'm not gonna crack.

I love you, I'm not gonna crack. I kill you, I'm not gonna
crack.

나는 이런 음울하고 기괴한 음악으로 하루를 시작하는 96을
이해할 수 없다. 물론 96은 그저 내 고객이므로 이해하지 않아
도 상관없는 일이지만, 이 곡은 도무지 희망과 활기를 요구하
는 상식적인 아침과는 어울리지 않는다. 시끄러운 메탈 사운드
로 졸음을 쫓아버리길 원했다면 이 음반의 다른 몇몇 곡이 더
알맞다고 생각된다. 그 곡들도 대체로 음울하긴 마찬가지였지
만. 나는 가끔 96의 자동응답기에 안녕하세요 고객님 인터넷
굿타임의 모닝콜 서비습니다 하고 시치미 떼듯 지껄여보고 싶
은 충동을 느낀다. 하지만 무슨 상관이란 말인가. 음반의 제목
처럼—Nevermind, No Nevermind, 내버려둬, 신경 쓰지 마, 인
것을. 어쨌든 나도 일요일과 공휴일을 제외한 삼 개월여, 매일
아침을 이 음울하고 기괴한 얼터너티브 록 음악과 함께 한 것
이다. 그러나 이 음악을 듣고 하루를 시작할 96과는 달리 나는
이 음악을 들은 후 곧 잠자리에 든다. 그러나 깨어나기에도 잠
들기에도 부적당한 음악이다. 내가 할 수 있는 건 단지 모든
것에 화를 내는 것뿐이야, 네가 그리워, 미쳐버리진 않을 거야.
나는 방 한가운데 서서 4분 12초 동안 96과 함께 〈리튬〉을 듣

는다. 그러나 실은 나 혼자 듣고 있는지도 모를 일이다. 널 사랑해, 널 죽일 거야, 미쳐버리진 않겠어. 잘 땐 잘덴. 졸리다.

나는 다시 05에게 전화를 건다. 05는 전혀 잠이 깨지 않은 목소리로 전화를 받는다. 나는 개의치 않고 S통신사와 M증권사의 주가지수와 인터넷으로 검색한 조간 신문의 경제, 정치, 사회면의 헤드라인 몇 개를 읽어준다. 고객님, 일어나셨습니까? 05는 결국 일어나기로 결심한 모양이다. 정확히 분별해낼 수 없는 여러 소리를 내며 05가 침대에 걸터앉는 것이 느껴진다. 나는 05를 성실하고 낙천적인 사람이라고 생각한다. 05는 하품이 비어져나오는 목소리로 감사합니다라고 말하고 전화를 끊는다. 좋은 하루 되세요, 나의 상투적인 인사는 진심에 가깝다.

AM 5 : 20. 42는 여자다. 내가 깨우는 세 명의 고객 중에 42에 대해서 가장 많은, 또 비교적 정확한 정보를 가지고 있는 셈이다. 42는 모닝콜 서비스 외에 내게 어시스트 정보 서비스를 제공받고 있다. 모닝콜에 앞서 나는 우선 42에게 팩스를 보낸다. 42의 프로필에 적힌 그녀의 직함은 유명 광고 회사의 크리에이티브 디렉터 및 제작 2팀장이다. 나는 주로 인터넷에서 수집한 해외 토픽이나 히트상품 정보, 유럽의 최신 패션 경향이나 잡학 상식, 성공 마케팅 사례, 인터넷 추천 사이트, 신종 신드롬 분석, 다양한 이벤트 행사 정보 및 휴지통 주사위 색연필 등의 가십거리들을 정리해 A4 용지 두 장 분량으로 매일 42에게 팩스를 보내고 있다. 오늘은 스포츠 일간지에 실린 유머 시리즈 몇 개를 덧붙였다. 팩스를 보낸 오 분 뒤 나는 42에게 전화를 건다.

□□□□-□□42

42는 깨어 있었던 것 같다. 건조하고 낮은 목소리였지만 잠
기운은 전혀 묻어나지 않는다. 일찍 깨어나신 겁니까, 고객님?
묻기엔 이제 내가 너무 졸리다. 좋은 하루 되십시오. 나는 42
의 대답을 듣지 않고 전화를 끊는다. 잘 땐 잘덴. 잘덴 반 알이
면 족하다.

잠옷을 갈아입으며 나는 문득 42가 잠기운 없는 목소리로
전화를 받은 게 지난 며칠 되풀이되었다는 걸 깨닫는다. 나는
졸린 눈을 오래 감았다 뜨고 다시 CD 플레이어를 재생시킨다.
〈리튬〉이 흘러나온다. 너바나의 보컬이자 리더는 커트 코베인
이란 금발의 사내다. 커트 코베인. 어딘지 발음이 코카인을 연
상시키는 이름이다. CD 케이스 속에 첨부된 별지에 그가 가운
뎃손가락을 치켜들고 포즈를 취한 사진이 있다. 커트 코베인,
코카인과 비슷한 이름이다.

잘덴Ⓡ정. 성분 함량, 1정 중 호박산독실아민(유.에스.피)
25mg. 효능 효과, 비습관성 수면유도 및 진정. 용법 용량, 1일 1
회 1정을 반드시 수면 30분 전에 복용. 저장 방법, 기밀 차광용
기 실온 보존. 주의, 부작용. 일반의약품. 신풍제약주식회사.

그 누구도 컴퓨터 프린트처럼 글씨를 반듯하게 잘 쓸 수는
없다. 나는 하품을 하며 틀리게 쓴 글자 몇 군데를 검은 펜으
로 성의 없이 지운다. 다시 42에게 팩스를 보낸다. 42에게 하
루에 한 번 팩스를 보내지 않는다면 그건 틀림없는 계약 위반
이다. 하루에 두 번 보내는 것도 마찬가지이겠지만. 책상 위에

42에게 나눠주었으면 좋을 잘덴 반 알이 놓여 있다. 너무 작아 물 없이 간단히 삼켜버릴 수 있는. 잠은 너무 쉽다. 왜 다시 42에게 팩스를 써 보냈는지 생각해보고 싶었지만 참을 수 없이 잠이 쏟아진다. 나는 풀썩 침대 위로 몸을 누인다. 정말 잘 시간이다. 나는 주문처럼 흥얼흥얼 음울하고 기괴한 노래를 따라 부른다. I like it, I'm not gonna crack. I miss you, I'm not gonna crack. I love you, I'm not gonna crack. I kill you, I'm not gonna crack.

작고 둥근 테이블에 마주 앉은 희 선배는 손버릇처럼 자꾸 검지손가락으로 관자놀이를 눌러대고 있다. 피곤해요? 어디 안 좋아요? 물어봐주길 바라고 있는 듯이. 대답 대신 희 선배는 떼꾼한 눈을 내리깔고 담배에 불을 붙인다. 그녀의 담배는 신제품 리치다. 방송국 로비에 위치한 커피숍. 잡지사 기자와 인터뷰를 하고 있는 듯한 건너편 테이블의 여자 탤런트 P는 왠지 의기양양. 토크쇼에 출연한 것처럼 제스처가 크고 의상이 화려하다. 나는 P가 곧 방영되는 새 주말 드라마에서 모처럼 주연을 맡았다는 것을 알고 있다. 동료 탤런트와의 스캔들, 매니저와의 송사(訟事), 이혼과 재혼 등으로 근 이 년 가까이 티브이에 얼굴을 비추지 않던 P가 재기에 성공할 것인지. 그 성공 여부에 사람들이 과연 관심을 갖고 있기나 한 건지 알 수 없지만, P는 삼십대 중반에 이른 나이에도 제법 소녀처럼 생기발랄해 보인다. 한때 뒷머리를 둥글게 말아 올리는 P 특유의 헤어스타일이 미시들 사이에서 유행하기도 했었다. 간간 P

의 높은 웃음소리와 잡지사 사진기자가 터뜨리는 플래시가 신경에 거슬린다.

"나 계산해봤는데, 지난달에만 택시비로 21만원이 나갔더라."

"언니, 운전하잖아요?"

"그러게 말이야."

희 선배가 낭패한 표정을 지어 보이는 건 채 재떨이에 떨지 못한 담뱃재가 내가 건네준 자료 뭉치 위에 함부로 흐트러져 버렸기 때문이기도 하다. 희 선배는 경력 칠 년차의 방송작가다. 삼 년 전부터 프리랜서로 활동하고 있는데, 현재 두 개 방송국에서 간판 격인 오락 프로그램을 세 개나 맡고 있다. 희 선배는 최근 몇 년 오락 프로그램의 주류를 이루고 있는—재미와 정보를 동시에 준다는 쇼와 교양의 합성어인—소위 '쇼양'을 유행시킨 장본인 중의 한 사람이기도 하다. 관자놀이를 눌러대며 인상을 찡그리는 그녀의 얼굴은 과도한 피로에 위태로운 안색을 띠고 있지만, 내가 알고 있는 희 선배는 특유의 철저함과 냉정함으로 직업인으로서의 자신을 성공적으로 단련시킨 여자다. 그녀는 나의 가장 오랜 고객이며 여기저기서 내게 일거리를 연결시켜주기도 한다. 또 방송국의 지인을 통해 내게 재형을 소개시켜주기도 했다. 그러나 꽤 오래 지속된 관계임에도 불구하고 나와 희 선배는 과도한 택시비 지출 이상의 얘기를 진전시키지 못한다. 단 둘이 식사를 하거나 술을 마셨던 기억은 떠오르지 않는다. 몇 번 되지 않는 자리나마 항상 방송국에 적을 두고 있는 몇몇 선후배들과 함께였다. 그것은 희 선배 탓이기도 하고 내 탓이기도 하다. 이메일이나 팩스를 통해서가 아니라 직접 자료를 가지고 방송국을 찾아온 것도 아주 오랜만의 일이다. 희 선배가 동료 작가 몇몇과 사무실을 내고 프리랜서로 독립하기 직전, 모두와의 연락을 끊고 몇 개월 동안 행방이 묘연했던 일이 있었다. 갖가지 뜻밖의 소문이 무성했지만 나는 그 일에 대해 결코 알지 못한다. 묻지 못한다. 화젯거리는 과도한 택시비 지출에서 시시껄렁한 연예가 소식으로 선회한다. 희 선배는 새 담배에 불을 붙이며 시청률로 인한 스트레스와 작가들간의 아이디어 도용 시비, 프로그램 제작 과정의 비합리성과 스태프들에 대한 불만을 토로한다. 물론 나와 눈을 맞추고 하는 소리는 아니다. 그리고 마지막으로 미국의 최신 시추에이션 코미디 경향과 시에 대한 자료를 부탁한다.

"시요?"

"그래, 시. 내가 너의 이름을 불렀을 때 너는 내게로 와서 꽃이 되었다 할 때, 그 시."

희 선배는 요즘 오락 프로그램에서 가장 유행하고 있는 아이템을 내게 설명해주었다. 스타 연예인에게 장기간 무언가를 직접 체험하게끔 하는 형태인데, 희귀한 애완 동물을 키우게 한다든지 저글링 같은 고난도의 묘기를 익히게 한다든지 목표를 정해놓고 살을 빼게 한다든지 하는 것들이 방송되어 인기를 얻고 있다고 했다. 스타가 그 과정을 소형 카메라로 직접 촬영하게 되는데 그로 인한 자연스러운 연출 효과를 노리고, 진전되는 내용으로 매주 연속극처럼 이어지는 맛이 흥미를 배가시킨다는 것이었다. 또 도전 목표에 보통 사람들처럼 힘겨워하는 스타의 인간적인 면모를 볼 수 있고, 은연중에 스타의 사생활을 엿보는 재미도 있다고 했다. 이번에 희 선배가 계획한 아이디어의 컨셉은 스타가 예술가에 도전하게끔 하는 것이었다. 문화의 세기라는 새 밀레니엄의 이슈와도 맞아떨어지는 것으로, 시와 전혀 어울리지 않을 것 같은 연예인에게 시를 쓰도록 만들 계획이라고 했다. 캐스팅은 미스터 코리아 출신의, '근육맨'이라는 별명으로 유명한 코미디언 K를 점찍어두었다고. 코너의 제목은 '미스터 코리아 시인되다!' 어때 괜찮지, 하고 묻는 희 선배의 표정은 연신 관자놀이를 눌러대고 있으면서도 그새 희희낙락하다.

문득 건너 테이블에 앉아 있던 P의 모습이 보이지 않는다. 아주 갑작스럽게 아주 조용하게 P가 사라져버렸음이 어리둥절해, 나는 주위를 두리번거려본다. 회의 시간이 가까워졌다며 희 선배가 담배를 끄고 자리에서 일어선다. 나는 주차장 입구에서 퇴근하는 재형을 만나 영화를 보기로 했다. 희 선배와는 엘리베이터 앞에서 헤어진다. 미스터 코리아 시인되다.

엘리베이터 앞에서 헤어진 희 선배가 갑자기 나를 따라 화장실로 들어와 내 양 어깨를 와락 감싸쥔다. 그 장난에 자연스럽게 응해주지 못한 것은 화장실 세면대 앞에 서 있던 탤런트 P와 눈이 마주쳤기 때문이다. 거울을 보며 머리 매무새를 가다듬던 P가 샐쭉한 표정을 짓더니 이내 밖으로 나간다. 화장실엔 희 선배와 나뿐이다. 나는 희 선배에게 어색한 표정을 지어 보이고 제일 끝 칸으로 들어간다. 희 선배가 내 옆 칸으로 들어가 문을 잠그는 소리가 들린다. 희 선배는 충분히 다른 곳의 다른 화장실을 사용할 수도 있었다는 생각이 든다. 옷섶을 헤치는 소리, 타일 바닥에 구두 굽을 디디는 소리, 좌변기 뚜껑이 달그락거리는 소리, 칸막이 너머 서로의 모든 소리가 너무도 낯설고 무안하다. 그것은 희 선배 탓이기도 하고 내 탓이기도 하다.

소변 줄기가 쏟아지는 소리 사이, 옆 칸의 희 선배가 갑작스럽게 말을 건넨다.

"넌 생리 제때 잘 하니?"

"네? 아…… 그냥 그렇죠, 뭐."

희 선배의 목소리가 너무 크게 들리는 것은 화장실에 아무도 없기 때문이라고 생각한다.

"……나 사실 엄청 생리 불순이거든. 한약도 한 번 지어먹어 봤는데 별 효험이 없더라. 그거랑 상관이 있는 건지는 모르겠는데, 가랑이 사이에 자꾸 가래톳이 돋아서 아파 죽겠어. 엊그제는 멍울이 딴딴하게 성이 나가지고 대추알만하게 부어오르는 거야. 청바지 같은 건 아파서 입을 엄두도 못 내고. 약국에 갔더니 마이신을 주더라. 먹고 났더니 좀 가라앉긴 했어. 근데 이것 좀 봐, 아직도 이렇게 완두콩만해. 만지면 아프고. 으휴, 지겨워. 나 요즘, 내가 굉장히 주접스럽게 느껴지는 거 있지."

"……."

옆 칸 화장실로 들어가 희 선배의 사타구니를 들여다보고 걱정스런 표정이라도 지어 보여야 할 것 같다. 이내 옆 칸에서 물이 내려지는 소리가 들리고, 나는 무언가에 놀란 것처럼 벌떡 일어서서 다급하게 속옷을 끌어올린다. 자가용을 가지고 있으면서도 한 달에 택시비로 이십일만원을 지출한 희 선배가 굳이 화장실로 나를 쫓아온 이유는 뭔가. 왠지 희 선배가 위악적으로 느껴진다.

"나 오피스텔 계약기간 끝나가는데, 너희 동네는 시세가 어떠니?"

희 선배는 수도꼭지를 세게 틀어 성의 없이 손을 씻는다. 혼잣말을 하듯 어투는 여전히 부자연스럽다.

"참, 아까 부탁한 거 이번 주까지야."

희 선배는 손목시계를 들여다보더니 손의 물기를 떨어내는 시늉을 하고 서둘러 화장실 밖으로 나간다. 가랑이에서 돋아난 단단한 가래톳. 나는 P가 머리를 매만지던 거울 앞에 서서 천천히 화장을 고친다. 희 선배가 야무지게 잠그지 못한 수도꼭지에서 물방울이 새고 있다.

파우더 케이스와 희 선배의 설명을 메모한 노트를 가방 속에 집어넣다 노트 사이에 끼워두었던 팩스 용지를 화장실 바닥으로 흘리고 만다. 얇은 종이에 금세 물기가 얼룩진다. 어젯밤 내가 받은 팩스, 42로부터 받은 팩스다.

□□□□-□□42입니다. 내가 매일 아침 나를 깨워주었던 당신에 대해 알고 있는 건 당신의 팩스 번호뿐이더군요. 팩스 용지 상단에 보내온 곳의 번호가 찍히게 되는 것은 알고 있죠?

이제 더이상 모닝콜을 필요로 하지 않아요. 난 다니던 회사에 사표를 냈어요. 그리고 당신이 일러준 수면제를 사먹고 며칠 만에 깊은 잠을 잤죠.

좀 이상하게 생각할지도 모르겠지만, 내가 오래 잠을 이루지 못했다는 걸 알아챈 당신에게 계속 팩스 서비스를 받고 싶군요. 전에처럼 매일은 아니어도 좋아요. 물론 이젠 어떤 내용이든 상관없구요. 난 더이상 광고 회사의 크리에이티브 디렉터가 아니니까요. 뭐든 당신 마음대로 적어 보내줘요. 왜냐구요? 그런 것들을 온전히 이해하기엔 우린 서로에 대해 아는 게 너무 없군요. 이 정도가 좋겠죠. 어쨌든 난 팩스를 계속 받고 싶어요. 내용은 당신이 선택해요. 잘덴이란 수면제의 종이갑에 적힌 글자를 모두 적어보냈던 것처럼. 변한 건 없어요. 난 변하지 않은 요금을 송금할 거구요. 팩스 기다릴게요.

"어, 저거 잘덴인데. 내가 먹는……."

왼쪽에 앉아 있던 재형 대신 오른쪽에 앉아 팝콘을 우물거리고 있던 여자가 흘낏 나를 쳐다본다.

스크린 속 불륜의 불온하고 불길한 열정에 휩싸인 여주인공은 정부를 만나러 가야 하는 다급함과 절박함에 갓난쟁이 딸애의 분유병 속에 수면제를 섞고 있다. 그 작은 수면제를 나처럼 칼로 이등분하는 그녀의 손끝이 부들부들 떨린다. 스크린 속에 등장한 작고 연한 하늘색 수면제 잘덴은 조금 낯설고 또 조금 반갑다. 어렸을 적 가끔 훔쳐보게 되는 여성지 속엔 체험수기라는 게 있었다. 지금 생각해보면 그 모든 것이 독자들의 실제 체험이었다는 걸 결코 믿을 수 없지만, 당시에 어떤 여성지에도 빠지지 않고 실렸던 실연의 체험들을 난 꽤 심각하게 받아들였던 것 같다. 그때 그 체험수기들 속에 심심찮게 등장했던 세코날이란 수면제를 기억한다. 이루어질 수 없는 사랑으로 몸부림치던 여자들은 독하기로 소문난 세코날을 한 움큼씩 삼켰다 병원으로 실려가곤 했다고 적고 있었다. 옆자리의 여자가 흘낏 나를 쳐다본 것은 내가 무심코 중얼거린 말이 어딘지 그런 인상을 주었기 때문일 것이다. 그러나 겨우 잘덴 반 알이면 족한, 나의 아주 흔한 불면증—나는 내 증상이 카페인이나 니코틴 중독, 습관성 알코올 섭취 등과 크게 다르지 않다고 생각한다. 그저 몸을 따라갔을 뿐, 과잉된 비장함은 없다. 오늘 낮, 희 선배를 만나러 오기 전 나는 42가 원했던 대로 그녀에게 팩스를 보냈다.

옆자리의 여자와 달리 재형은 아주 약간 고개를 끄덕거렸을 뿐, 별 반응을 보이지 않는다. 스크린을 향한 그의 시선은 일정하다.

재형, 일본 작가 다자이 오사무(太宰 治 : 1909-1948)를 닮은 남자. 굳이 정확히 말한다면 어느 책에 실려 있던 '1948년 『인간실격』을 쓸 당시의 다자이 오사무'란 설명이 붙은 흑백 사진 속의 다자이 오사무를 닮았다는 얘기다.

그 '어느 책'은 대학 시절 사귀었던 동갑내기 남자아이로부터 받은 것이었다. 동갑내기 남자아이. 급하고 뜨겁고 싱싱하던 스물두 살의 남자아이. 항상 과잉되어 있거나 왜곡되어 있던 그애의 자의식. 그리하여 치기 어린 돌발 행동을 일삼던, 그러므로 항상 위태로워 보이던, 그러나 그런 만큼 여리고 순결했던…… 난 그애의 두 귀를 기억한다. 여린 살갗 탓에 항상 찬바람에 발갛게 언 채로이곤 했던 그애의 두 귀. 연등처럼 불 밝힌 귓등에서 식물처럼 일어서는 솜털들 솜털들. 그러나 난 그애의 속내를 속속들이 읽을 수 있는 내 자신이 싫었다. 돌이 켜보면 그 시절 난 그애에게 확실히 가혹했던 것 같다. 두 계절의 짧은 연애, 그 남자아이로부터 유일하게 받은 선물인 그 어느 책. 책은 그애처럼 급하고 뜨겁고 싱싱했던 예술가들의 일대기를 전기 형식으로 묶은 산문집이었다. 19세기 말에서 20세기 초의 위태로웠던 시대—여리고 순결한 예술가들에게 과잉되고 왜곡된 세상은 가혹한 돌발 행위를 일삼았으니. 그들은 평탄하지 않은 생의 이력과 특이한 기행을 되풀이하며, 글을 쓰거나 그림을 그리거나 사진을 찍거나 바이올린을 켜거나 춤을 추거나 하다가 대부분 요절했다. 그리고 다자이 오사무가 있었다.

전기는 '다자이 오사무같이 시든 남자를 만나러 오는 그대여'*라는 시구로 시작되고 있었다. 다자이 오사무같이 시든 남자. 시든 남자. 흑백 사진 속에 시든 남자의 옆얼굴이 있었다. 무심을 가장한 가득한 수심(愁心). 재형을 처음 만났던 스카이 라운지의 카페—저물녘 창가의 테이블에 팔꿈치를 받치고 어두운 창 밖, 아무것도 바라보고 있지 않은 게 분명한 재형의 옆모습을 나는 결코 잊지 않고 있다. 눈빛. 혹시 누굴 닮았다는 소리 들어보셨어요. 아뇨, 글쎄. 이 남자가 나를 애태우리라는 예감, 아니 기꺼이 이 남자를 위해 애를 태우리라 마음먹었던

---

* 이가림의 詩,「겨울의 불꽃」중에서.

것은 그가 누굴 닮았는데요라고 되묻지 않았기 때문일까.

　그렇게 재형을 만나고 돌아온 밤, 나는 동갑내기 남자아이에게 받았던 그 어느 책을 다시 꺼내들었다. 다자이 오사무. 그 시듦의 정체는 무엇이었나. 예의 옆모습이 실린 다음 페이지엔 다자이 오사무가 야마자키 부에이라는 여자와 함께 뛰어든 다마가와 강 상류의 사진이 실려 있었다. 투신 6일 후 그의 시신이 물위로 떠오른 1948년 6월 19일은 그의 서른아홉번째 생일이었다고. 그 역시 피로하고 산만하고 변덕스러운 헤르메스의 쌍둥이자리였으니. 책장 한구석 또다른 어느 책의 제목 『일본대표단편선 1』―거기에 다자이 오사무의 「앵두」라는 소설이 있었다. 자살 스캔들을 골자로 한, 편견에 가득 찬 작품 해설에는 '프라이드가 강한 반면 마음이 연약한 파멸형의 전형적인 작가'라고 다자이 오사무를 소개하고 있었다. 통속적인 느낌을 주는 '파멸형'의 굵은 고딕체. 실격, 파멸, 시든 남자. 나는 다시 죽기 얼마 전의 다자이 오사무의 옆모습을 한참 동안 들여다보았다. …… 어떤 종류의 인간들은 알 수 없는 힘에 이끌려 어지러운 자기장의 폭풍 속으로 빨려들어간다. 생을 송두리째 집어삼키며 타오르는 격렬한 홍염의 불길 앞에 어떠한 거부도 의미가 없다. 그 시듦의 정체는 어떤 운명적인 것, 퇴폐적이고 치명적인 것이므로. 그렇게 서둘러 시듦으로 인해 맺혀 떨구어진 씨앗이 어떤 종류의 꽃을 피우는지, 나로서는 알 수 없는 불면의 밤이었다. 다음날, 나는 시내 대형 서점 몇 군데를 헛걸음한 뒤 서점 직원이 가르쳐준 모 출판사로 전화를 걸었다. 출판사 직원은 심드렁하게 『인간실격』은 절판되었는데요라고 말했다. 나는 되레 반가웠다. 그리고 지갑 속에서 재형의 명함을 꺼내들었다. 내가 애태워야 할 대상은 급하고 뜨겁고 싱싱하던 남자아이도, 시들어버린 다자이 오사무도 아닌, 방송국 기계조 정실에서 일하는 서른두 살의 손재형이란 남자였으므로.

영화 속의 여자는 금세 들켜버리고 만다. 자신이 들켜버렸음을 깨닫지 못할 정도로 몰입해 있음이 조금 부러운 생각마저 든다. 여자의 남편은 더없이 순진하고 착하고 무던한 남자다. 그러므로 아내의 부정을 일단 용서하려 한다. 그러나 순진하고 착하고 무던한 것이 속되고 이기적이고 까다로운 것보다 훨씬 치명적일 수 있으니. 영화의 감독은 소도구의 상징성에 꼼꼼한 편이다. 불륜의 정사를 벌이는 정부의 오피스텔엔 모딜리아니의 잔 에뷔테른의 초상화가 걸려 있다. 죽을 것이다. 정부와 여자가 끊임없이 찍어대는 폴라로이드 사진은 『카메라 루시다』에서의 롤랑 바르트의 이론을 충실히 따른 설정이다. 죽을 것이다. 남편은 더없이 순진하고 착하고 무던한 남자다. 그러므로 죽일 것이다. 정말 죽인다. 철저하게 집요하게 완벽하게. 또 그러므로 나는 순진하고 착하고 무던한 사람을 결코 신뢰하지 않는 평소의 내 판단을 새삼 확신한다.

영화를 보고 나선 거리는 어두워져 있다. 보도에 늘어선 리어카의 노란 불빛과 포장 비닐이 저녁 바람에 함부로 펄럭이는 소리와 어디선가 뿜어져나와 걷잡을 수 없이 흩어지는 흰 연기가 문득 비현실적으로 느껴진다. 다자이 오사무를 닮은 남자, 재형이 거리의 어느 틈새로 나를 데려간다. 건물과 건물 사이, 어둡지도 밝지도 않은 곳, 안도 밖도 아닌 곳—겹겹 나붙은 영화 포스터를 등지고 서서 재형은 주머니를 뒤적거린다. 그리고 늙은 마술사와 같은 움직임으로 내 입술에 켄트를 물리고 불을 붙여준다. 푸른 담배 연기를 뿜으며 그가 묘하게 웃는다. 내가 결코 그 웃음을 읽을 수 없는 건 눈앞이 흐릿해졌기 때문만은 아닐 거라 생각한다. 깊숙이 빨아들인 담배 연기가 탄산 음료처럼 몸 속에서 기포를 터뜨리며 청량감을 준다. 불법 복제 테이프를 파는 리어카의 젊은 아이가 우리를 계속 쳐다보고 있다. 두터운 점퍼 차림에 잔뜩 목을 움츠리고 겨울 플라타너스에 기대어 서서. 클래식한 바이올린 연주를 빠르게 샘플링시킨 댄스 가요가 거리를 메운다. 닭을 먹으러 가자구. 문득 재형이 말한다. 아주 웃긴 닭고기가 있거든. 재형은 건물 벽에 함부로 담배를 비벼 끄고 내 손을 잡는다. 나는 채 끄지 않은 담배를 손가락 새에 끼고 잰 걸음으로 그를 따른다. 낯선 사람들과 어깨를 부딪치며 구시가지의 좁은 골목길 다시 골목길, 네 개의 구두 굽 소리는 다급한 변박으로 엇갈린다. 나는 왜 알 수 없는 것, 종잡을 수 없는 것에만 몸이 다는가. 불안하긴 하지만 쾌감으로 숨이 차오르는 것은 아주 가끔일 뿐이다.

　다급한 발걸음으로 거리의 틈새와 틈새를 비집고 들어가 그는 아주 불결하고 초라한 식당으로 나를 데려간다. 『인간실격』을 구하지 못하고 재형을 두번째로 만났던 이른 저녁, 그는 맥주를 다섯 병씩만 마시고 자러 가자고 말했다. 빨리 마실 수도 천천히 마실 수도 없었다. 난감한 딸꾹질이 좀처럼 멈춰지지 않았었다. 초라한 식당에서 재형은 '스페셜 닭 한 마리'를 주문한다. 벽에 붙은 메뉴 종이에 '스페셜'은 '스페샬'이라고 씌어 있다. 잠시 후 만화의 한 페이지에나 그려져 있어야 할 것 같은 커다란 닭이 뜨거운 김을 뿜으며 통째로 접시에 담겨 나온다. 다리를 묶지 않은 탓에 보란 듯이 드러난 삶은 닭의 빈 뱃속. 작은 쇠 접시에 마늘과 굵은 소금이 딸려 나온다. 그리고 스페셜이 시작된다. 뒤를 이어 닭의 모래집, 내장, 날개, 염통, 오돌뼈 등이 각각의 조리법으로 요리되어 나온다. 마지막으로 나온 붉은 닭발 여섯 개는 함부로 잘라놓은 나뭇가지 같다. 온전한, 닭의 모든 것이 좁은 상 위에 가득 놓여진다. 정말 웃기지 않아, 스페셜 닭 한 마리, 전부 다 있어, 닭털은 빼고. 난 재형의 웃음을 읽을 수 없다. 왠지 모를 원시적이고 적나라한 수치심이 느껴진다. 갑자기 대추알만하게 부어올랐다는 희 선배의 가래톳이 떠오른 것은 왜일까. 난데없이 내게 말을 걸어온 희 선배와 42는 닮아 있다. 재형이 다자이 오사무를 닮은 것은 단지 그의 옆모습뿐인가. 나는 결코 그들을 읽을 수 없다. 종잡을 수 없는 것에 대한 숨찬 쾌감만큼 나는 이내 불안해진다. 일주일 전쯤 난 재형에게 섹스하고 싶다고 말했다. 그는 웃으며 싫다고 말했다.

나는 미스터 코리아를 시인으로 만드는 데 일조하기 위해 밤새 수십 개의 문학 사이트를 돌아다닌다. 다시 AM 5 : 00. 물 없이 잘덴 반 알을 삼키고 05에게 전화를 건다. 오늘 아침 05의 목소리는 지극히 일상적이다. 96에게 전화를 걸어 너바나의 〈리튬〉을 들려준다. 오늘도 여전히 너를 그리워하고 사랑하고 죽이고 싶고, 하지만 미쳐버리진 않겠다는. 다시 05에게 확인 전화를 건다. 42에게는 전화를 걸지 않는다. 나른한 잠기운으로 온몸이 뜨거운 커피 속의 설탕처럼 녹아버리는 것 같다. 나는 다시 CD 플레이어를 작동시킨다. 정오 무렵 잠든 나를 깨워주는 것은 평범한 비프음의 디지털 알람시계다.

나는 많은 것을 알고 있다. 05에게 일러준 대로 서울 지방의 현재 기온은 물론, 오사카와 샌프란시스코와 지중해와 북아프리카의 오늘의 날씨도 알고 있다. 청담동에 있는 유명한 이탈리안 레스토랑의 이번 주 주방장의 추천 요리와 최고의 몸값을 받는 여배우의 단골 미용실과 지난 세기말 해외여행을 떠난 사람들이 가장 선호한 행선지와 이번 주 비소설 부문 베스트셀러 1위와 여대생들이 평균적으로 가지고 있는 립스틱 개수와 한국인들이 가장 좋아하는 외국 화가와 서울 거주 독거노인들의 한 달 평균 생활비와 전통의 D 서커스단이 지금 어느 지방 도시에 머무르고 있는지와 여당의 한 실세 의원의 계파 성향 및 그 측근 구성과 서울 톨게이트 부근 휴게소에서 하루 평균 몇 잔의 커피가 팔리는지와 얼마 전 합병을 발표한 두 외국 컴퓨터 회사의 주식 배분율과 동강 생태계에 몇 종의 천연기념물이 살고 있는지와 채팅에서 사용되는 최신 은어와 일본 애니메이션을 쉽게 구할 수 있는 비디오 숍의 위치를 알고 있다.

나는 또 알고 있다. 커트 코베인이란 정신분열자 같은 녀석이 '부처에게'라는 유서를 쓰고 스물일곱에 권총 자살을 한 것과 다자이 오사무의 통산 네 번의 자살기도 중 그 첫번째 시도가 열여덟의 다자이 오사무가 동경하던 작가 아쿠타가와 류노스케의 자살 소식을 접하고 다량의 칼모틴을 삼켜버린 것이었다는 것을.

사실 내가 알고 있는 것들을 정말 내가 알고 있는 것이라고 말하긴 어렵다. 그 많은 정보들은 그저 나를 스쳐갈 뿐이다. 나는 내가 알게 된 것들을 곧장 다른 사람들에게 주어버린다. 그게 내 직업이다. 비록 고객이라 하지만 사람들은 참으로 별의별 것을 다 알고자 한다. 나는 고객들의 까다로운 요구에 따라 다양하고 이채롭고 구체적인 정보를 모은다. 물론 그것들의 대부분은 내겐 아무 소용에도 닿지 않는 쓸모 없는 것들이다. 나는 내 직업에 그럭저럭 만족해왔다. 그 많은 쓸모 없는 앎에 개의치 않았다. 내가 알아낸 것을 남들에게 주어버릴 때, 동시에 그것들을 잊어버렸으므로. 그러나 남에게 주어버리고도 내 의지와는 상관없이 여전히 머릿속에 남게 되는 것들이 있다. 실은 의외로 많다. 어떤 종류의 정보들이 어떤 이유로 내 머릿속에 남게 되는지 종잡을 수 없다. 그것이 아주 흔한 불면증의 원인이라면 원인일 수도 있을까. 아주 가끔 아무도 원하지 않는 정보를 이유 없이 찾아내는 경우도 있다. 커트 코베인이나 다자이 오사무 같은. 물론 나의 골칫거리가 다른 여타 직업의 평균치 애로사항에 미치지 못할 정도란 것은 인정한다. 그러나 어쨌든 머릿속에 컴퓨터 화면에서처럼 휴지통 아이콘이 떠서 버린 파일들을 완전히 삭제해주었으면 좋겠다. I'm not gonna crack.

비스듬히 기대었던 침대 위에서 몸을 일으킨 것은 요란한 소리를 내며 팩스가 들어왔기 때문이다.

□□□□-□□42입니다. 당신이 보내준 팩스의 내용은 전보다 훨씬 좋군요. 계속 부탁해요. 그런데 다자이 오사무의 책은 구하기가 어렵더군요. 『만년(晚年)』이란 책을 가까스로 찾아냈어요. 또 서점 지하의 레코드 매장에서 너바나의 음반 넉 장을 샀어요. 당신이 보내준 커트 코베인의 유서에서 '난 누구 한 사람 속이고 싶지 않다' '나는 나의 어린 딸 프랜시스가 나처럼 한심하고 자기 파괴적이고 죽음으로 달려가는 일에만 골몰하는 인간이 된다는 상상만으로도 가슴이 찢어질 것 같다' '그리고 기억해주기 바란다. 점점 소멸되는 것보다 한꺼번에 타버리는 쪽이 훨씬 좋다는 것을'의 구절에 밑줄을 쳐두었어요. 슬프고 아름다웠어요.

혼자 박물관에도 가고 영화도 보고 쇼핑도 하고 있어요. 갑자기 많아진 시간이 걱정스러웠는데 그럭저럭 잘 지내고 있는 듯해요.

공신력 있는 출처를 통해 얻어낸 정보는 아니지만, 이름도 그 무엇에 대해서도 확실히 알지 못하는 05와 96과 42에 대해 내가 확실히 알고 있는 것 하나가 있다. 그것은 그들이 모두 혼자 살고 있다는 것이다. 잠결에 버튼을 눌러버리면 그만인, 믿음직하지 못한 자명종 시계말고는 아침에 깨워줄 누군가가 한 지붕 아래 없다는 것이 내가 그들에 대해 알고 있는 유일한 한 가지다. 그러나 나는 아는 만큼 모른다. 지금 이 시간, 혹 멀쩡한 목소리로 전화를 받았던 05는 세탁소에서 깨끗한 와이셔츠를 찾아오지 않았음을 깨닫고 에라 모르겠다 다시 침대 속으로 기어들어갔는지도 모른다. 96은 애당초 아침에 일찍 일어날 하등의 이유가 없는 사람일지 모른다. 그럭저럭 잘 지내고 있다는 42는 왜 이렇게 이른 시간에 깨어 있는가. 나는 진심으로 05와 96과 42의 안부가 궁금하지 않다. 전혀 알고 싶지 않다. 나는 아는 만큼 모른다. 세코날도 칼모틴도 모른다. 권총 자살 따윈 관심조차 없다. 어떤 맑고 세심한 배려의 눈길이 있어 실연의 아픔으로 수면제를 집어삼킨 체험수기의 오버액션과 제 몸을 사르는 영혼의 순교를 구별해줄 것인가. 나는 그저 잘덴 반 알을 삼킬 뿐이다. 나는 다시 침대 위로 눕는다. CD 플레이어의 리플레이 버튼이 눌려져 있던 모양이다. 커트 코베인. 한꺼번에 타버리는 것이 훨씬 좋다는, 아무래도 코카인을 연상시키는 이름이다. 〈리튬〉이 끊임없이 흘러나오지만, 이젠 정말 졸리다. 내가 계속 42에게 팩스를 보낸다고 해서 굳이 그녀의 답장을 받아야 할 이유가 있는 것일까.

나는 아는 만큼 모른다. 재형은 오래도록 아침 시간대의 프로그램을 담당하고 있다고 했다. 이른 출퇴근 탓에 그와 술을 마시게 되는 것은 이렇듯 초저녁일 때가 많다. 하루의 피로가 고스란히 고인 재형 얼굴. 그러나 난 깨어난 지 몇 시간 되지 않는다. 웨스턴 풍으로 실내 장식을 한 작은 술집의 손님은 아직 재형과 나뿐이다.

카프리 한 병을 비운 재형은 버드 아이스를 주문한다. 카프리를 마시기 전에는 레드 독을 마신 참이다. 담배의 경우도 그렇다. 그는 켄트와 마일드 세븐과 디스와 피네스를 가리지 않는다. 오늘 그의 손가락 새에 끼워져 있는 것은 겟투다. 왜 그래요? 술이든 담배든, 그리 중요한 건 아니겠지만. 나는 여러 번 물어보았다. 그저 손에 집히는 대로 생각나는 대로일 뿐이야. 삼 개월여 그와 함께 갔던 모든 초행의 식당과 카페와 술집과 모텔들. 버드 아이스를 다 마신 후 그가 메뉴판에서 고르지 않은 하이네켄과 밀러 중에 하나를 주문하리라는 것이 내가 지금 그에 대해 짐작할 수 있는 전부일까.

나는 실없이 미스터 코리아를 시인으로 만들기 위한 우여곡절을 재형에게 장황하게 들려준다. 풀린 소매 단추를 채우고 고개를 끄덕이고, 희미한 미소를 지으며 남은 술을 몇 모금으로 나눠 마실까 술병을 들여다보고, 눅눅한 팝콘 하나를 이유 없이 재떨이 안에 쉬어넣고, 상호명과 전화번호가 프린트된 냅킨을 슬쩍 일회용 라이터로 그을려보고, 오른손으로 왼손의 반지를 반 바퀴쯤 돌려보며 내 얘기를 들은 재형은, 아무것도 되묻지 않는다. 내가 화장실에 가기 위해 자리에서 일어섰을 때, 그는 턱을 괴고 다자이 오사무의 옆얼굴을 내게 보여준다.

난 좌변기에 걸터앉아 휴대폰으로 전화를 건다. 네. 재형이 전화를 받는다. 재형을 탤런트 P처럼 인터뷰할 수 있다면 좋겠다 생각한다. 전화를 끊는다. 세세한 백문백답이 될 것이다. 다시 그에게 전화를 건다. 네, 여보세요. 그의 숨소리는 들리지 않는다. 여보세요. 세번째로 전화를 걸어 그에게 좌변기의 물 내리는 소리를 들려준다.

그는 걸려온 전화에 대해 말하지 않는다. 재형과 나는 차례로 술집의 좁은 나무계단을 걸어 내려온다. 그의 웃음을 읽을 수 없는 것처럼 난 그의 상념도 읽을 수 없다.

맥주 두 병의 어설픈 취기는 집에 돌아와서도 좀처럼 개운 해지지 않는다. 나는 티브이를 켠다. 채 아홉시 뉴스가 시작되기 전이다. 나는 한 시간 전쯤 도착한 팩스 용지를 집어든다.

□□□□-□□42입니다. 시든 남자였다는 작가와 코카인 같은 록커에 대한 팩스가 마음에 걸렸었나요. 이번엔 해외여행에 관한 자료들을 보내주었더군요. 푸켓, 발리, 팍상한, 피지. 따뜻한 햇살을 받으며 에메랄드빛 바닷가에 누워 있는 상상을 해보았어요. 당신의 세심함이 고맙게 느껴지는군요. 그렇지만 당분간은 떠날 수 없을 것 같아요. 나는 오늘 내가 간통으로 고소되었다는 얘길 들었어요. 찻집에서 내 뺨을 때린 부하 직원의 아내는 깜짝 놀랄 정도로 길고 탐스러운 머리칼을 가지고 있더군요. 이내 그녀의 둥근 이마와 야무진 입꼬리를 박은 듯이 닮은 그녀의 언니라는 사람이 나타났어요. 언니는 우는 동생을 달래서 감싸안고 내게 잔뜩 으름장을 놓고 돌아서더군요. 그 자매의 뒷모습이 너무도 견고하고 완강해 보여서 아름답게 느껴졌다면 내가 좀 이상한 걸까요.

이제 좀 자야겠어요. 잘덴이 여섯 알 남아 있네요. 여섯 알, 그 정도는 괜찮을 거예요. 참, 내 이름은 조윤선, 마흔두 살이에요. 나는 열일곱 살 때부터 혼자 살았죠. 혼자 있는 것, 그건 작은 죽음의 경험이에요. 그렇지만 난 괜찮을 거예요. 그런데 왠지 당신이 더이상 내게 팩스를 보내오지 않을 것 같다는 생각이 드네요. 어쨌든 그 동안 고마웠어요.

……내 집을 찾아왔던 여자들하고는 모두 헤어졌는데. 문을

열어주며 재형이 말한다. 아까, 당신에게, 전화를 했던 건 나였어요. 나는 가쁜 숨을 고르지 못하고 말한다. 나는 재형의 방 안에 어지러운 동선을 그으며 그의 침대와 식탁과 의자와 거울과 티브이와 커튼을 함부로 훑어댄다. 손바닥이 불에 데인 것처럼 화끈거린다. 괜찮겠죠, 수면제 여섯 알쯤은, 그 정도는 정말 괜찮을 거예요. 나는 그의 욕실과 옷장과 냉장고 문을 활짝활짝 열어본다. 내가 모르는 만큼의. 재형이 내 팔을 잡아채 나를 제 앞으로 돌려세운다. 나는 일찍 자야 해. 나는 정녕 당신을 모른다. 천천히 그렇지만 단호한 동작으로 재형이 내 위로 눕는다. 그의 얼굴이 너무도 가까워 습기 찬 거울처럼 눈앞이 부옇게 흐려진다. 왜 당신은 당신이 누구와 닮았는지 궁금하지 않은 거죠. 흐린 눈앞이 검은 스크린처럼 어두워져 이젠 정말 아무것도 보이지 않는다. 스물두 살 때 일 년 동안을 병원에서 지낸 적이 있어. 깊고 어두운 숲속이다. 나는 무력하게 작은 이파리와 고인 웅덩이와 흐르는 바람과 잠든 새의 이름을 불러본다. 갇혀 있었다는 게 정확하겠군. 난 겨우 스물두 살이었는데 말이야. 멀어지는 눈동자를 붙잡으려 나는 애써 손깍지를 낀다. 재형에게서 여러 종류의 맥주와 여러 종류의 담배 냄새가 난다. 그리고 아주 여러 곳의, 내가 결코 다녀본 적 없는 아주 먼 곳들의 냄새가 연기처럼 피어오른다. 일찍 일어나는 이유는 간단해, 일찍 잠들기 위해서야. 밤이 되면 죽고 싶을 만큼 술이 마시고 싶거든.

나는 멍한 눈길로 낯선 벽걸이 시계를 올려다본다. 다시 새벽 다섯시. 재형은 엎드려 잠들어 있다. 나 역시 어떻게 그 시각에 잠들 수 있었던 건지. 무슨 꿈을 꾸었나. 기억나는 것은 지난밤 무언가에 꼼짝없이 짓눌려버린 것처럼 견딜 수 없이 졸음이 밀려왔다는 사실뿐이다. 잘댄 없이. 나는 조금 아득해진다. 벗은 몸을 일으킬 때 재형의 몸이 조금 흔들렸지만 그는 깨어나지 않는다.

나는 휴대폰을 찾아들고 욕실 안으로 들어선다. 나는 42, 아니 조윤선에게 전화를 건다. 전화는 통화중이다. 다시 전화를 건다. 통화중 신호음이 단호하게 귓전을 메운다. 나는 재형의 칫솔과 비누와 면도기와 샴푸용기와 수건에 차례로 눈길을 주고 05에게 전화를 건다. 05는 전화를 받지 않는다. 술이 덜 깨었을망정 05가 전화를 받지 않았던 적은 한 번도 없다. 무심한 발신음이 끝없이 이어진다. 05는 전화를 받지 않는다. 나는 96에게 전화를 건다. 여지없이 자동응답기가 돌아간다. 그러나 내겐 〈리튬〉이 없다. 재형의 욕실에서 나는 낯선 내 목소리를 듣는다.

"안녕하세요, 고객님. 모닝콜 서비습니다. 대단히 죄송합니다만, 오늘은 피치 못할 사정으로 음악을 준비하지……."

"……여보세요?"

물 속 같은 정적. 96이다.

저어, 내가 다시 말문을 연 것과 급작스럽게 욕실 문이 열린 것은 거의 동시였다. 한쪽 귀에 전화기를 가져다 댄 재형이 내 앞에 서 있다. 모처럼 그의 표정을 읽을 수 있을 것 같다. 그러나 나는 아는 만큼 모른다. I'm not gonna crack.

잘덴 여섯 알을 삼키고 잠이 든 42는 통화중이다. 언제나 한 결같았던 05는 전화를 받지 않는다. 그리고 나는 96을 만났다.

섹스에 관해
너무 지껄인
다음날

전혜성

이제 빈은 어쩔 수 없이 그 영역의 전

문가가 되어 그녀 스스로 결혼이건 연

애건 섹스건 모르는 것이 없는 느낌에

파묻혀버렸다. 물론 얼토당토않은 느

낌이었다. 하지만 얼토당토않은 일이

란 그것말고도 이 세상에 발길에 채일 만큼 흔하고 흔하므로, 다소 당치 않은 느낌에 젖어

산다 해서 특별히 부끄러워 할 일은 아닐 것이다. 어제 일 같은 것도 그녀에겐 수시로 벌어

지는 사건이었다.

섹스에 관해 너무 지껄인 다음날

앞치마

이 년 전 할머니가 돌아가셨을 때, 빈은 전에 한 번도 경험한 적 없는 끔찍한 상실감에 휩말렸다.

인간이 사랑하는 사람들에 대해 그러하듯이 빈도 할머니 없는 삶을 상상할 수 없었다. 아니, 상상키 싫었다. 막 그녀의 서른네번째 생일을 지나치던 시점이었는데, 일주일 내내 극심하게 고통스러웠던 나머지 결국 장지에도 따라가지 못했다. (이 사건은 친척들 사이에서 두고두고 씹히는 꼬투리가 되었다.)

그녀는 전형적인 할머니 아기였다. 열다섯이 될 때까지 부모가 살고 있는 지방도시 근교의 할머니 슬하에서 양육되었다.

한국적인 전원주택에서 푸른 하늘을 지붕삼아 그야말로 풍요로운 성장기를 보낸 것이다. 할머니가 갓 태어난 손녀에게 왜 첫눈에 반해버렸는지 정확한 이유는 아무도 알지 못했다. 그 시기에 대해 그녀가 확신하는 유일한 진실은, 할머니의 사랑이 마르지 않는 샘처럼 자신을 적셔주었다는 것뿐이었다.

어린 시절, 시골 마을에서 빈은 '앞치마'로 통했다. 어딜 가든 할머니가 어린 그녀를 앞치마처럼 두르고 다녔기 때문이었다. 또 어떤 때는 '치통'이었다. 이앓이가 심한 어린 빈을 들쳐업은 할머니가 밤새 앞마당을 서성거리곤 하는 모습은 흔히 목격되었다.

그러나 통증이 완화되기만 하면 빈은 그 무렵 촌에서는 구경조차 하기 힘든 귀한 초콜릿이며 깡통사탕을 온종일이고 우물거렸다. 할머니 최대의 기쁨은 손녀가 맛있게 먹는 것을 보는 일이었다. 그 때문에 더러는, 한량없는 할머니의 희생에 대한 자신의 유일한 보답이라곤, 성한 데 없이 망가진 치아뿐이라고 느껴지는 때가 있었다. 황금빛으로 번쩍거리는 치아 내부를 들여다볼 때마다 할머니에 대한 그리움으로 가슴이 찡해졌다.

그렇지만 그 모든 기억 가운데서도 빈에게 가장 아름답게 남아 있는 것은 여름철 딸기에 대한 기억이었다. 할머니는 여름이면 매일같이, 조그만 어린아이가 혼자 먹기엔 지나치게 많은 양의 딸기를 대소쿠리 그득, 손녀의 앙상한 가랑이 사이에 걸쳐 얹어 주었다. 때문에 그녀는 아직껏 어린 시절의 찬란한 전리품인 양, 어떤 사람들 사이에서고 딸기에 대해서라면 오만을 부렸다. 이제 이 세상에 딸기다운 딸기란 소멸되었다. 그때 어린 그녀가 맛본 것만이 딸기의 '형상'이었고, 참다운 인생의 기쁨은 그런 완벽한 딸기를 줄 수 있는 누군가의 손녀로서 살아가는 것이었다.

그런 것들이야말로 그녀 인생에 부인할 수 없는 좋은 영향을 끼쳤다. 왜냐하면 '딸기 형상'으로 상징되는 할머니의 완벽한 사랑의 그늘에 에운 그녀로서는, 그 누구와도 생존을 위한 경쟁 같은 것을 할 필요가 없었다.

하지만 점차 그 형상도, 참다운 생의 기쁨도 허물어져갔다.

할머니가 시들기 시작하면서 그녀는 정수에 가까웠던 자기 인생의 묘미들이 함께 탈색돼가는 것을 느꼈다. 그리고 할머니의 종말이 왔다. 그녀는 주인 잃은 앞치마처럼 빨랫줄에 걸린 채 초라하게 너불거리는 느낌을 갖지 않을 수 없었다.

그래서인지 그때까지 악착같이 유지해온 젊음—그녀가 의도하지 않았어도 할머니의 손녀임으로 하여 자발적으로 유지되어온 젊음—이 그 부재와 더불어 어언 까부라져가고 있었다. 모든 건, 마치 잠깐 피었다 지는 봄꽃 같은 과정이었다. 서른다섯번째 생일, 그녀는 대부분의 그 나이 사람들처럼 자신도 삽시간에 서른다섯이 되어버린 데 비애를 느꼈다.

사실이었다.

무조건적인 사랑의 젖줄이 끊어지자, 단 두 해 사이에 서른다섯 해분의 노쇠가 그녀를 향해 한꺼번에 들이닥친 셈이었다. 하지만 그럼에도 불구하고, 그녀의 개성과 매력을 아는 혹자들에게만은, 빈은 여전히 불가사의한 응석으로 가득한 값있는 인간이었다.

아침 전화

　그날 아침도 빈을 깨운 건 아버지의 전화였다.

　아버지에게 그녀란 하릴없이 나이만 먹어가는 딸로서, 어린 시절의 지극한 총명을 비둔한 허벅지와 맞바꿔먹은 미련퉁이의 극치이자, 아침마다 장거리 전화를 요하는, 유지비만 많이 드는 애물단지였다. 그러니까 아버지는 빈을 제힘으로 일어날 능력조차 없는 인간으로 보고 있었다. 마음 한구석, 자신이 깨워주지 않으면 딸이 한평생이라도 침상 위에서 꼼짝 못 할 것 같은 강박관념에 짓눌리면서.

　하지만 그녀에게 이렇게 말했다간 단숨에 반발에 부딪치리라. 아마도 그녀는 불쾌하게 격앙되어, 그건 무엇도 아닌 자신에 대한 아버지의 지극한 사랑일 뿐이라고 우겨댈 것이다. 더구나 그날 아침처럼 아버지의 전화가 "굿모닝, 따님?"이라는 유례 없는 아첨으로 시작된 날이라면.

　아버지는 모든 면에서 생(生)이라는 직인 조합의 장인이었다. 빈의 아버지는 그녀가 혼자 살고 있는 수도의 오피스텔에서 승용차로 세 시간쯤 떨어진 지방도시 중심가에 버젓한 점방을 두 채나 갖고 있었다. 아버지는 사고 팔고 관리하는 모든 일에 수완이 뛰어났다. 하지만 일생을 사고 팔았다 해서 아버지가 속되게 느껴진 적은 한 번도 없었다. 아버지의 점방에선 맑고 격조 있는 물건들만 거래되었다. 여러 해 전 환갑을 넘겼지만, 오래 전부터 쉰셋쯤에 고정되었던 아버지는 한결같이 장년의 근력을 유지했다. 단 하나 안타까운 건, 빈 외에 몇 자녀를 두었지만 아버지 수완을 빼어 닮은 자식이 없다는 점이었다. 닮지 못했는가, 닮지 않았는가. 사실은 이럴 것이다. 아버지의 수완이 지나치게 뛰어났던 나머지, 또다른 뛰어난 수완가의 존재를 필요로 하지 않았다.

이런 아버지가 매일 아침 일곱시 반 딸에게 전화를 건다.

그날은 "굿모닝, 따님?"이었지만, 날마다 다른 기분에 따라 변화무쌍한 첫마디를 구사하는 게 아버지 전화의 특징이었다. 말하자면 빈에게 수화기를 든 그 시간, 아버지는 하루 중 가장 재치가 넘쳐흘렀다. 그것은 다분히, 수화기를 들기 직전 아버지가 온 집안 청소를 마친 데 기인하리라. 손걸레를 놓은 아버지는 언제나 유쾌했다. 아버지의 청소는 하루 세 차례. 매끼 식사를 마치고 약 오 분간 휴식을 취한 뒤였다. 점심때도 식사는 집에서 했기 때문에, 세 번의 대청소는 하루도 거르는 법 없이 이어졌다. 쓸고 닦고 구석구석 먼지를 훔치고, 온 마루와 유리창, 창턱 문턱까지 반들반들 윤이 나도록. 가구의 손잡이, 냉장고, 세탁기, 어머니 화장대까지 티끌 한 점 내려앉을 틈을 주지 않았다. 속도감 또한 대단해서, 사십 평이 실히 넘을 공간을 이십 분이면 해치웠다. 놀라운 것은 그럴 때마다 온 집안이 새삼스럽게 반짝거린다는 것이었다. 문턱이 닳도록 쓸고 닦았으니 집 안에 더이상 반짝거릴 구석이 없으련만, 아버지의 비와 걸레만 스치면 새로운 광택이 어른거렸다. 그렇게 반짝거리는 가운데, 아버지는 잠깐 동안 꼼짝 않고 마루에 붙어 섰다. 마치 열반에 든 듯, 몰아지경에 빠져 있는 모습이었다.

그렇게 상쾌한 일과 뒤에 빈과의 통화가 놓여 있었다. 그 일은 아버지를 짜증 속에 몰아넣는다. 하지만 사실은 겉으로나 그런 척할 뿐, 속으로는 아닌지 몰랐다. 빈의 염치없음과 한심함을 쥐 잡듯 몰아치면서, 승승장구하는 권위의 쾌감을 만끽하고 있을 수도 있었다.

빈의 입장에서 이 전화는 아버지에게 얹힌 채 혼자 살아가는 한, 피할 수 없는 숙명의 통화였다. 아울러, 그녀가 어떤 일을 하든 얼마를 벌든, 빈의 일이라는 걸 일로서 받아들일 수 없는 아버지의 편견이 계속되는 한, 역시 피할 수 없는 숙명의 통화였다.

빈은 프리랜서로 다양한 원고들을 썼다. 대학을 갓 졸업했을 때 오히려 많이 벌었고(80년대 후반이었는데 한 달에 백만원 이상 벌었다), 그후 점점 답보 상태이다가 현저히 그만 못해졌고, 현재는 연중 띄엄띄엄 약간의 벌이가 있을 뿐 빚만 불어나는 상황이었다. 그나마 일거리가 딱 끊어지지 않은 것을 다행으로 여겨야 할 정도였다.

그런즉 빈이 무엇을 하든 아버지에겐 아무것도 하지 않는 것과 마찬가지였고, 아침마다 흔들어 깨우지 않으면 안 될 만년 어리보기였다. 심지어 작년 가을께 그 딸은, 오피스텔에만 들어가면 모든 문제가 해결되기라도 할 듯이 거금을 헐어내갔다. 아버지는 단지 빌려주는 돈일 뿐이라고 으르렁거렸지만, 꿔주는 순간에 떼였다고 포기한 빚쟁이처럼 날이 갈수록 강도 높은 분통을 터뜨렸다.

하지만 그날 아침의 열반에서 무엇을 보았던지 아버지는 유례 없이 상냥했던 것인데, 딸은 너무도 혼곤한 나머지 평소라면 확연히 느꼈을 중요한 변화조차 도시 종잡고 있지 못했다.

인기

간밤에 지나치게 무리했던 탓이었다. 그러한 무리를 무릅쓰지 않을 수 없었던 건, 아버지가 보는 그녀와는 판이하게도, 빈이 너무도 값있는 인간이기 때문이었다.

그녀는 정말 여러 해 동안, 고달픈 인생들의 동반자였다.

그녀가 그 일에 얼마나 열심이었는가는, 정식 일을 할 때보다 일과 일 사이의 기약 없이 뚫린 긴 공백기에 얼마나 바빠지는가만 보아도 알 수 있었다.

어떤 사람이든 객관적으로 놀고 있는 시기의 빈을 불러내기란 정말로 쉽지가 않았다. 왜냐하면 그녀에겐 이미 수많은 새로운 만남, 이미 아는 자들과의 온갖 명목의 약속, 누구보다도 그녀가 꼭 오기를 바라는 집들이들, 공짜로 보는 시사회, 전람회, 콘서트들, 심지어 가출했거나 그녀처럼 혼자 사는 여인들의 올나이트 모임들이 빡빡하게 내정돼 있는 것이다. 그녀는 언제나, 그 모든 모임들의 노른자위였다!

빈이 이 세상에서 가장 잘 할 수 있는 일은, 바로 그 같은 모임에서 마주친 인생들의 이야기를 세심히 듣고 적절한 코멘트를 해주는 것이었다. 그것은 그녀가 공공연히 자기가 제일 좋아하는 일이라고 외치는 책읽기와 일맥상통하는 것이기도 했다. 말하자면 한 권의 책을 읽듯이, 인생들의 경험을 읽었다.

물론 그 모든 일은 언제나, 지극히 개인적으로 이루어졌다. 그녀는 일체의 공적인 이론이란 것의 객관성을 믿지 않는, '개인적으로 거만한' 부류였다. 이 '개인적인 거만'은 빈과 그녀 지지자들을 묶어주는 심리적 유대감이기도 했기 때문에, 한때 그들은 자신들이 그런 경향의 소유자들이라는 점을 명예의 주홍글자처럼 받아들였다.

그들은 대개, 개인적이지 않고서는 자유로울 수 없으며, 자유가 빠진 객관성이란 공허한 개념에 불과하다고 믿었다. 그렇다면 언제까지고 한 사람도 빠짐없이 서로 관찰자 겸 비평가로서 신의를 지켜야만 온당했을 것이다. 하지만 그들 중 대부분이 개인적 거만 대신에 지속적인 안정을 찾아 궤도를 이탈해버리는 바람에, 결국은 빈만이 명예의 전당을 지키는 고독한 파수꾼으로 남게 되었다.

친구들은 이제 거의 누군가의 아내 아니면 남편이었고, 동시에 부모, 혹은 누군가의 애인들이었다. 그들은 그런 역할들의 중첩성에 허덕허덕했다. 또한 동시에 역할의 중첩성이 유한한 인생에 끼치는 무리(無理)와 기만을 번개처럼 알아채고는, 안이한 마음으로 궤도를 이탈했던 과오에 대해 금세 쓰라린 후회의 감정에 사로잡혔다. 왜냐하면 축복의 소란으로 인한 초기의 무분별한 홍분이 가라앉고 나면, 소위 자신들이 택했다는 생의 안전한 내부는 파고들수록 안전지대가 아니라는 진리가 날이 갈수록 뼈저리게 증명되었기 때문이다. 그 증명이 뼈저리게 체득될수록, 그들은 아직도 빈이 도도하게 두 발을 대고 있는 개인적 거만의 영토를 새삼스럽게 동경했다.

마치 유일하게 온전한 마지막 보루처럼, 문제가 생길 때마다 그들은 모든 영험한 귀신들의 자존심을 돌보지 않고 오로지 빈을 통해 푸닥거리를 하려 했다. 또한 그럴 때마다 재확인되는 빈의 괄목상대할 안목의 성장에 탄복을 금치 못하면서, 미구에 다른 문제를 들고 다급한 목소리로 그녀 이름을 부르게 되고야 말았다.

빈으로서 그런 세월은 대략 스물여덟 어름부터 지금껏(도대체 몇 년인가!) 강도 높게 지속되었다. 그중에 몇 건은, 무려 칠 년에 걸친 사역의 전리품이라 불러 손색이 없을 정도였다. 그간 빈은 고질적인 성격 차로 고통받는 세 쌍의 부부를 갈라세우는 데 지대한 공을 세웠으며, 재기 많은 두 후배 여성들의 불륜을 일 년에 걸친 우정 어린 설복으로 끝장을 내게 했다.

이제 빈은 어쩔 수 없이 그 영역의 전문가가 되어 그녀 스스로 결혼이건 연애건 섹스건 모르는 것이 없는 느낌에 파묻혀버렸다. 물론 얼토당토않은 느낌이었다. 하지만 얼토당토않은 일이란 그것말고도 이 세상에 발길에 채일 만큼 흔하고 흔하므로, 다소 당치 않은 느낌에 젖어 산다 해서 특별히 부끄러워할 일은 아닐 것이다. 어제 일 같은 것도 그녀에겐 수시로 벌어지는 사건이었다.

마조히즘

어제 오후 빈에게 성적인 문제를 털어놓은 지지는 서른셋밖에 안 되는 비교적 젊은 여자였다. 하지만 빈은 지지에 대해서 언제나 다른 면은 물론이고, 연령적으로까지 뒤처지는 느낌을 받았다. 언제나 뒤지는 느낌을 받으면서도, 유쾌하게 그럴 수 있다는 점이 그들 관계의 바람직한 특징이었다. 둘은 육 개월 전, 외국어 회화클럽에서 사귄 사이였다.

둘 다 혼자 사는 처지였지만, 빈의 혼자인 신세와 지지의 혼자인 입장은 알아갈수록 천양지간이었다. 많은 요인 중에서도 결정적으로 빈의 혼자를 '혼자인 신세'로 만들어버리는 건 지지의 '뚜렷한 직업'이었다. 돈을 다루는 직업에 종사하는 지지는 빈이 알기로 한 번도 지갑이 두툼하지 않았던 적이라곤 없었다. 그에 비하면 빈 자신은, 언제 어디서 무슨 일을, 철야로 하든 불철주야로 하든, 뚜렷한 직업이 없다고 해야 옳았다.

빈은 자신에게 너무 생소한 지지의 직업에 언제나 존경심을 품고 있었을 뿐 아니라, 두툼한 지갑, 치마든 바지든 짧게 입는 패션 취향과 통통한데도 미끈해 보이는 두 다리도 좋아했다. 하지만 그중에서도 제일 좋은 건, 일류 레스토랑에서 제대로 된 맛을 즐길 수 있는 지지가 제공하는 식사였다!

맛있게 먹는 빈을 흐뭇한 표정으로 눈여겨보면서, 라자냐 소스 따위가 묻은 언제 보아도 선정적인 입술가를 냅킨으로 슬쩍 눌렀다 떼어내면서 "자기야, 그런데 말야" 하는 식으로 지지는 말문을 열곤 한다. 가벼운 이야기든 무거운 이야기든 심각해 죽겠다는 표정으로.

그 지지가 최근 스쿼시 모임에서 만난 열 살 연하의 청년으로부터 애정 공세를 받았다. 따로 만난 첫째 날, 그들은 심야극장에서 공포영화를 보았고, 둘째 날 고속도로를 타고 질주했으며(여기까지는 연하 청년의 제안으로), 셋째 날엔 그녀의 제안으로 특급 호텔 스탠드바에서 브랜디 종류의 독주를 마셨다. 그 자리에서 청년은 지지에게 육체적이고도 격렬한 사랑의 충동을 고백했다.

"오오……."

어색할 때 양 어깨를 홀쪽 밀어 올리며 오오 하는 지지의 모습은 매력적이다. 여러 사람이 그런 말을 해왔기 때문에, 지지 자신도 그런 매력을 의식하고 있었다.

"그래요, 욕구 자체는 자연스러운 거죠……."

지지의 응답이었다. 자신도 놀랄 만큼, 지지도 강렬한 충동에 사로잡혔다. 자연스럽다는 말을 내뱉는 순간, 뇌리엔 일련의 치열한 성적인 몸부림 장면들이 연쇄적으로 떠올랐다. 그런데 그 연상작용이 채 마무리되거나 꺼져버리기도 전에, 청년은 다음 사실, 즉 자신이 마조히스트라는 사실을 털어놓았다.

"마조히스트?"

"놀랐나요?"

"아니……."

지지는 청년의 얼굴을 살펴보았다. 실내는 어두웠고, 미색 조명등이 자아내는 환경은 청년의 표정을 슬픈 빛으로 왜곡시켰다. 그녀 자신은 몰랐지만, 그녀를 바라보는 청년의 눈에도 그녀 표정은 슬픈 빛으로 왜곡돼 보였다. 그 순간 차마 지지는 구애자를 실망시키거나 상처 입히는 반응을 보일 수가 없었다.

"아뇨, 난 매우 흥미롭다고 생각해요."

상황은 여기까지였다.

식후에 나온 뜨거운 초콜릿을 마시면서, 빈은 그 상황을 돕고 싶은 의무감 비슷한 감정을 느꼈다. 지지에 대한 순수한 우호감과 성적으로 극단적인 시도들에 대한 공상적인 호기심이 겹겹이 작용한 결과였다. 그리하여 빈은, 가능하다면 지지에게 오랜만에 발생한 섹스의 기회를 지원하고자 했다. 모든 면에서 조건이 좋았음에도 불구하고, 지지는 섹스에 대한 도덕적 부담감으로부터 자유롭지 못해 보였다. 오후 다섯시쯤. 오피스텔 앞까지 태워다준 지지 승용차에서 내리면서 빈은 사려 깊고도 자상하게 다짐을 두었다.

"너무 두려워하지 마. 나도 남성의 마조히즘에 대해 한번 잘 알아볼게."

"오, 그래? 좀 그래 줄래? 난 말야. 도무지 감이 안 잡혀. 안 그래? 사디스트라면 또 몰라도."

지지는 외국인을 상대할 때처럼 엄청난 표현의 에너지를 동원하면서, 막 돌아서는 빈의 껑충한 등에 대고 크게 소리를 질렀다. 지지에겐 차창 밖을 오가는 찌푸린 얼굴의 행인들이 조금도 의식되지 않는다.

멋진 여자! 라고 빈은 느꼈다.

그러면서 지난밤, 일곱시가 지나고 아홉시가 지나도, 마조히스트에 대한 불확실하면서도 엽기적인 공상에서 벗어날 수 없었다. 그 상태는 곧이어 몸 속에 거대한 계곡이 패인 것 같은 공복감을 연출했다.

열시쯤 되자 빈은, 천 밀리 포도주스 팩에서 세 컵을 따라 마시며 딸기잼과 땅콩잼을 듬뿍 바른 토스트 여덟 조각을 먹었다. 컵과 접시들을 싱크대로 옮기다 말고 다시 냉장고에서 수박만큼 자란 신고 배 두 개를 꺼내 깎아 먹은 다음, 나무 쟁반에 오징어포를 수북이 쌓아놓고 질경질경 씹으면서 전화기를 들었다.

너무 배가 불러 헉헉거릴 지경인데도 속에서는 계속해서 무언가를 요구했고, 물만 마신 느낌인데도 소화불량에 걸린 것 같았다.

몸이 확, 확 가고 있는 느낌이었다. 특별히 아픈 곳이 있는 것도 아닌데, 시도 때도 없이 배가 고프고, 움직이기 위해 뭔가 먹긴 먹는데 먹고 나면 손가락 하나 까딱하기 싫을 정도로 식곤증이 일었다. 그녀는 엎드렸다. 그러자 등뼈가 앞가슴과 배를 짓누르는 듯했기 때문에, 도저히 그 자세를 오래 유지할 수는 없었다. 도로 반듯이 일어나 앉자 어지럼증이 핑 돌면서, 까닭 모르게 울화가 치밀어올랐다. 바로 그때, 양쪽 전화가 교통되었다. 순간적으로 울화를 억제한 결과, 빈은 꾸르륵, 하는 트림 소리로 인사를 대신하고 말았다.

비교적 섹스에 조예가 깊은 선배 여성이었다.

"만약 섹스에 관한 용의가 충분히 있는 상태에서, 상대가 마조히스트라는 사실을 알았다면…… 지극히 정상적인 섹스밖에 모르는 여자한테 어떤 일들이 생길 수 있을까요?"

급체 현상으로 인하여 빈의 말투는 격앙되게 들렸다. 게다가 오밤중에 마조히스트를 캐야 하는 영문을 알 수 없는 선배 여성이, 빈의 절박함에 다소 아둔하고 짜증 섞인 반응을 보였다 해서 그녀를 나무랄 일은 아닐 것이다.

"이제 나한테 그런 거 묻지 마."

하지만 선배의 깊은 조예와 여러 해에 걸친 심야 통화로 쌓아온 정분을 굳게 믿고 있는 빈이고 보면 뜨악한 반응이 아닐 수 없었다. 그녀는 고지식하게,

"왜요?"

"왜고 뭐고 관심 없다니까."

"어떻게 그런 일이 생길 수 있죠?"

그렇게 시작된 통화가 자정을 넘길 때쯤, 최근 그 선배 여성을 덮친 재앙의 실체가 윤곽을 드러냈다. 그녀는 세번째 아이를 지웠다고 털어놓았다. 내쳐, 자기 친구 중에는 네 번, 다섯 번 그런 경우도 있다고 덧붙이며, 아마도 그 친구는 여섯번째 아이를 지우게 될 때 드디어 남편과 갈라서게 될 거라는 스산한 예언으로 끝을 맺었다.

빈에게 임신 중절이란 완벽히 공상적인 개념이었다. 하지만 그러함으로 인해, 그녀는 더더욱 원초적이며 주술적이기까지 한 두려움, 아니 거의 공포에 사로잡혔다. 돼지를 잡거나 닭의 멱을 따는 것과 다름없이 느껴지는 동물적 잔혹이었다. 곧이어 그들은 임신을 공격했고, 출산이란 '근본적으로 무책임한 출산'일 수밖에 없음을 서로 설득시키면서 혼연일체가 되어갔다.

그러자, 두시쯤 되었지만 어인 일로 빈은 씻은 듯 원기가 회

복되고 선배 여성의 말투도 종마가 내닫듯 날래졌다. 그들은 조금도 피로하지 않았다. 그러면서 그런 식의 대화에 내재된 구조적 정점에 도달했다. 이윽고 빈은 자신이 왜 혼자 살수밖에 없는지, 언제나 투명했던 그 이유가 새삼 석영처럼 단단해지는 느낌이어서 선배 여성과의 그 밤이 금강석처럼 소중하기만 했다.

두시 반쯤. 선배가 "그러니까 이제 그 모든 것의 근본적인 발단이라고 할 수 있는 섹스가 싫어. 혐오스러워! 난 불감증이야" 하고 내뱉자 빈은 기다렸다는 듯이 "그럼 이제 안 해요?" 하고 물었다. 그 순간 빈의 머릿속엔 불감증에 대한 하나의 사전적인 의미만이 떠올랐으나, 선배의 입에선 천만뜻밖의 해석이 흘러나왔다.

"그렇지, 그저 겨우 일주일에 한두 번."

빈은 아차 싶으면서, 속고 있는 듯한 기분에 사로잡혔다.

그러니까 바로 그 순간, 빈은 지난 팔 년간 숱하게 들어왔던 남의 이야기들이 실은 전혀 솔직하지 않았을 가능성에 눈을 떴던 것이다. 그 개안(開眼)은 그간의 자신이 어릿광대로 살아온 듯한 쓴웃음을 유발시켜서, 잠을 설쳐가며 공허한 이야기를 떠들어댄 자신에 대해 몹시 화가 났다. 어쩌면 지지조차 이미 문제의 마조히스트와 그녀는 결코 상상조차 할 수 없는 섹스를 해치웠을 가능성이 농후하다는 데 생각이 미치자, 언짢은 느낌은 극에 달했다.

"최근 해외 토픽에서 본 바로는, 정상적인 부부의 평균 섹스 횟수가 주 2회라고 하던데요."

"주 2회? 3회 아니니?"

"분명히 2회였어요…… 그러니까 언니가 일주일에 한두 번 이라는 건, 그 평균에 가까워요. 그걸 가지고 불감증이라고 할 수 있는 건가……."

"아니! 3회였을 거야."

"어유, 3회는 많죠."

"네다섯 번씩, 아니 매일 하는 사람들도 있는데? 그런 게 많은 거지!"

"세 번도 많아요."

"아니, 세 번은 많은 거 아냐."

"많아요."

"니가 그걸 어떻게 아니?"

"네?"

섹스, 섹스…… 사람들이 그녀에게 섹스에 관해 지껄일 때, 그들이 솔직하지 않다는 것쯤은 빈도 알고 있었다. 그녀는 물론 성적으로 숙맥이었다. 그렇지만 다른 사람들이 그녀에 대해 추측하고 있는 것만큼은 아니었다. 빈의 얼굴은 허옇게 떠버렸다. 선배 여성은 그것도 모른 채, 계속 빈의 성적인 무지를 빗대면서 깔깔거렸다. 시간은 새벽 네시를 넘고 있었다.

잠과 꿈 사이

그런 아침의 전화 소리는 천지가 진동하는 우렛소리 같다.

물리적으로 벨소리가 건드린 영역이래야 그녀의 넓죽한 베갯머리 언저리에 지나지 않았지만. 그리하여 빈은 도로 잠을 청할 수 있는 유일한 방편으로 수화기를 들었다. 전화기는 침대 머리맡과 쓰레기통 하나 떨어진 책상 위에 놓여 있었다. 꼼짝 않고 엎드린 자세에서 오른쪽 팔만 치켜올리면 손쉽게 집을 수 있는 위치였다.

코를 완벽히 파묻으면 숨이 막힐 우려가 있기 때문에, 전화가 오기 전 빈은 오른쪽 뺨을 베개에 붙이고 왼쪽 벽면을 바라보는 식으로 엎드려 있었다. 그러한 자세를 그녀는 매우 안락하게 여겼다. 창은 발치에 뚫려 있어, 아침 햇살이 잠을 건드릴 염려도 없었다. 그런데 엎드린 채 전화를 받으려면 부득불 베개에 대는 뺨을 오른쪽에서 왼쪽으로 바꾸기는 해야 했다. 빈은 벨소리로 인하여 강요된 그 행위에 성가심을 넘어선 분노를 느끼면서, 왼쪽 귀와 입술 사이에 수화기를 비스듬히 기대어 놓았다. 그리고 "예, 아버지"라고 겨우 한마디를 뱉어놓고 다시 서서히 잠들어갔다. 도로 잠들어가는 그녀의 모습은 진정으로 거만하고 동시에 필사적으로 게을러 보였다.

따라서 유례 없는 상냥함으로 무장한 아버지가, 오직 아버지만이 고안해낼 수 있는 독창적인 어법으로 "굿모닝, 따님!", 하고 연거푸 외쳐댔지만 더이상 적절한 대꾸를 이어갈 수는 없었다.

"따님, 오늘 아침엔 굿뉴스가 있습니다"까지 어렴풋이 들었을까……

건성으로 네, 네 하던 그녀는, 아버지를 따라 잠꼬대하듯 굿,

굿 하다가 진짜 까무룩 잠이 들었다.

빈은 비몽사몽, 아버지 집 마루의 소파에 엎드려 있었다.

가위를 밀쳐내려 버둥거리듯, 난 게으르지 않아, 난 게으르지 않아, 라고 쉰 목소리를 쥐어짰다.

"미련퉁이! 게으름뱅이!"

호랑이처럼 무서워 보이는 아버지는 진공 청소기를 휘둘렀다.

빈은 잠결에도 아버지의 비난이 몹시 부당하게 느껴졌다. 미련이나 게으름이란, 어디까지나 그녀의 반쪽에 대한 묘사에 불과했다. 다시 말해 전적으로 육체라는 측면에 한정된 고정관념이었다. 그녀의 영적, 정신적인 면모를 보라. 끊임없는 휴식이 요망될 정도로 끊임없이 혹사당하고 있지 않은가. 그 속에선 끝없는 생각들, 온종일 책을 읽어야 하는 집중으로 인한 정신적 노폐물들, 개인적 거만을 유지하기 위한 영적 독기(毒氣)와 희망사항으로 존재하는 작지만 눈부신 미래에 대한 그림들이 쉼 없이 굴러다니며 부딪치고 깨어져나갔다. 그런 마당이니 잠조차 노독만을 선사할 뿐이었다. 뿐만 아니라 일 년을 두 조각으로 나누어, 극심한 조울증이 번갈아 그녀를 공격했다. 그러므로 여건이 허락하는 한 쉬지 않을 수 없었고, 쉬어야만 했다. 그리고 그런 그녀에게, 부모의 집이란 모든 것이 충족된 하나뿐인 쉼터였다. (그녀는 언제나 이 대목에서 그리운 할머니를 회상한다.) 때문에 집으로 간 첫 사흘간 정도는, 어떤 핍박에도 아랑곳없이 먹고 느즈러지고 먹고 느즈러지는 육체적 게으름의 극치를 부리게 되는 것이다.

먹는 시간이 아닌 대개의 시간, 빈은 그녀에게 어쩌면 잠보다 더 달고 고소한 책을 읽는다. 엎드리거나 비스듬히 누워서 책을 읽는다. 마루의 소파나 안방의 보료, 아니면 동생 방에 있는, 빈이 얹히기엔 다소 바듯한 매트리스 위에서 책을 읽는다. 큼직하게 부려놓은 짐짝처럼 미동도 않고 책을 읽는다.

바로 그때인가 보았다. 윙윙거리던 아버지의 진공 청소기가 문어 다리처럼 쑥쑥 뻗어오더니 소파에 얹힌 빈의 엉덩짝을 빨아들였다. 아아, 악······.

정말 소리라도 질렀던 걸까. 진저리를 치며 퍼뜩 깨어나니, 그녀보다 아버지가 대경실색을 했다.

"우리는 결정을 봤다는데 왜 그렇게 놀라? 빈둥거리느니 나가 맛있는 거나 얻어먹어라. 잘 들었지? 일곱시다, 일곱시. 하얀 호텔 커피숍 이층이란다. 옷도 잘 챙겨 입고! 우리끼린 성사 다 본 거나 마찬가지니까, 늬들은 얼굴 구경이나 하는 거다, 알겠지? 파이팅, 따님!"

아버지는 돌연 화급하게 전화를 끊었다.

그녀는 작대기처럼 뻣뻣한 사지를 뻗어보며, 펼쳐질 상황을 회상을 하듯이 그려보려 애썼다. 하지만 그 대신 몇 해 전 일이 불쑥 떠올랐다. 그때도 이처럼 황당한 맞선이 엮어졌었다. 하지만 지금 묵묵부답한 것과는 달리 그때만 해도 그녀는 불같이 펄펄 뛰었던 것이다. 당시 빈에게는 사귀는 남자가 있었다. 아버지는, 말하자면 죽어도 그 남자는 안 된다는 의사의 노골적인 표명으로, 느닷없이 맞선 일시를 통고했었다. 아버지가 천거한 잘난 남자 앞에, 빈은 물 난 알로하 셔츠에 무릎 뚫린

칠부 청바지를 끼고 껄렁하게 나타났다. 그리하여 회전문 내부로 들어서는 순간 첫눈에 서로를 알아보기는 보았으면서, 가만히 못 알아본 체하는 식으로 서로 암묵적인 퇴짜를 놓았던 것이다.

마치 그에 대한 응수처럼, 아버지 역시 빈이 좋아했던 남자를 끝내 내쳐버렸다. 그 남자는 물론 가진 것, 갖춘 것 없는 변변찮은 인간이었다. 하지만 제 밥 덜어줄 샌님 알아보듯, 그녀는 그를 알아보았다. 사랑이 움튼 것은, 그렇고 그런 프리랜서 몇이 어울린 설악산 자락에서였다. 콘도에서 솜씨를 발휘한 남자의 이탈리아 식 볶음밥은, 맛을 넘어선 한 편의 예술적인 퍼포먼스였다. 빈의 인생에서 남녀를 초월해 요리하는 모습이 그토록 아름다운 인간은 보았던 적이 없었다. 하얀 접시 위로 피어나는 향신료의 냄새는, 후각적 기표로 드러난 남자의 인간성이었다.

그 추억이 단비처럼 메마른 뇌리에 스며들자, 빈의 부루퉁했던 얼굴은 금세 좋은 기억이 던져주는 부드러운 마사지로 훈훈하게 지펴졌다.

세상에는 그렇게 사랑스런 남자도 있었던 것이다!

그것은 어쩌면 앞으로도 그렇게 사랑스런 남자가 있을 수 있는 가능성을 함께 시사했다. 꼭 그런 이유가 아닐지라도, 아직 보지 않은 남자에 대하여 부정적인 편견을 부릴 것까진 없겠지. 그러자 불현듯 미지의 청년이 정겹게 느껴지면서, 세상 모든 것, 그중에서도 특히 그녀의 등이 누웠던 침대 위의 방사형 자국이 그지없이 다사롭게 느껴졌다. 그녀는 다시 등을 누였고, 이번엔 베개 가운데 꼭뒤가 얌전히 놓이도록 단정하게 자리를 잡았다. 누군가 또다시 전화를 걸어올지 몰랐지만, 이 번에는 자신이 일어나고 싶을 때까지 받지 않을 작정이었다.

일곱시, 일곱시라. 빈은 일곱에 대한 좋은 상징들을 떠올리 면서 서서히 가수면 상태로 빨려들어갔다. 한 시간쯤 지나자, 잠든 그녀의 얼굴은 배냇짓하는 아기처럼 평화로운 미소를 띠 고 있었다. 그녀는 무척 오랜만에 할머니 꿈을 꾸었다.

눈을 뜨자 오후 네시가 넘어버렸다. 한순간, 일곱시 약속에 나가는 일이 완벽히 불가능하게 느껴졌다. 빈은 펑크를 낼 수 밖에 없었던 사정을 나중에 아버지에게 뭐라고 둘러댈까 벌써 부터 궁리를 하면서, 침대 측면에 다리를 늘어뜨린 채 멍하니 앉아 있었다.

그녀는 자신이 스무 날 가까이 새 일의 제안을 기다려왔다 는 현실을, 비로소 비참하게 받아들였다. 그녀가 관계했던 '미 디어'나 '비전' 자(字)를 붙이고 있던 고만고만한 프로덕션이 나 기획실이 약속이라도 한 듯이 일제히 문을 닫았다. 프로그 램들이 일시에 멈춰버린 그 순간, 사실상 그녀 존재가 안개처 럼 증발된 것이나 다름없었다. 제작 여건은 나빴지만 가는 똥 처럼 소통은 되던 작업의 물꼬가 그나마 비전을 가질 수 없이 막힌 것이다. 이런 문제들은 모세혈관 구실을 해온 그녀 같은 인생이 치러내기엔, 지나치게 전면적이고 핵심적이다.

고개 숙였던 그녀가 얼굴을 돌려, 맞은편 벽면에 붙은 타원 형 거울을 쳐다보았을 때였다. 받아들이기 싫은 하나의 모습이 '내가 바로 너야' 하듯 자신을 뚫어져라 보고 있었다. 그 모습

속의, 참을 수 없이 인정하기 싫은 어떤 핵심. 눈만으로도, 코만으로도, 이마만으로도 아닌, 다분히 전체에 걸쳐 서려 있는 아뜩한 그림자가 그녀를 당황케 했다. 늙음이었다. 어떻게 저 모습을, 아직껏 젊고 싱싱하다 느껴올 수 있었는지 아연할 만큼, 이제 늙음은 결코 피할 수 없는 숙명으로 그녀의 외피부터 공략해 들어왔다.

하지만 최초 충격의 강렬함에 비하면 싱거운 느낌이 들 정도로, 그녀는 순순히 늙음 앞에 손을 들었다. 늙음과의 경쟁이란 자신이 회피해온 어떤 경쟁보다 공허하다는 것을 금세 간파한 것이다. 그러자 이즈음 자신을 에우고 있는 절망적인 게으름을 떨쳐볼 용기가 솟아났다. 그녀는 약속에 나갈 것이다.

샤워를 하고, 생기 꺼져 보이는 뺨에 베이비로션도 펴 발랐다. 피부는 여태까지 아기 피부처럼 민감하여 베이비로션 이외의 어떤 화장품도 받아들이지 않았다. (피부조차 영리하기 짝이 없어, 화장이 그녀를 돋보이게 하지 않는다는 걸 본능적으로 아는 것 같았다.)

여섯시 이십분쯤, 검정 수트에 흰 셔츠를 받쳐입고, 바닥이 얇은 회색 모직 양말을 신었다. 머리에 빗질을 하고 올리브색 반코트를 걸치자, 나이를 짐작키 어려운 외양이 구성되었다. 전혀 세월을 타지 않은 사십대 초 여성처럼 보이기도 하고, 형편없는 섭생으로 젊음이라곤 느낄 수 없는 이십대 중반의 대학원생처럼 보이기도 해, 누구에게든 질문을 일으킬 법한 자신의 모호한 모습에 빈은 기묘한 쾌감을 느꼈다.

팔차선 도로에 면한 고층 오피스텔 앞에서 몇 분 기다리지

않고 택시를 불러 세웠다. 쑥 뻗은 몸통을 뽐내는 듯한 영업용
승용차는 만화 영화의 한 장면처럼, 멈춰 선 자리에서 몇 미터
후진하여 뒷문의 손잡이를 얌전스럽게 그녀 앞에 갖다 대었다.
선뜻한 바람이 옷깃 새로 스며들었다. 가을이 무서웠다. 닥쳐
올 찬바람도 두려웠다. 바닥 모를 공황감에 와들와들 어깨가
떨렸다. 빈은 비현실의 덩어리 같은 자신을 차의 안쪽으로 힘
겹게 밀어붙였다. 삼천오백원 거리에 이를 때까지, 빈은 아픈
사람처럼 등을 기대고 마치 아직도 잠이 부족한 듯이 눈을 감
았다. 잠이 떠나고 섬망이 오자, 할머니 대신 어머니가 슬그머
니 다가왔다.

　아주 오랫동안 빈에게 어머니란 희끄무레한 그림자였다. 혹
은 푸성귀와 열매들로 넌출지게 휘어 감긴 야채의 여신이었다.
혹은 삼십촉 백열등을 썼던 어둑한 부엌빛 속에 볼의 한쪽 면
만이 밝게 강조된 그림 속 여인처럼 붉게 들떠서 고개를 숙인
채 도마질을 하거나 이상한 풀들을 무치고, 하얀 면 보자기로
두부를 비틀어 짜던 정물로 남아 있었다. 그녀와 어머니 사이
는 부옇게 바래져 있었다. 대부분의 사람들이 어머니 하면 떠
올리는 젖내나 분내조차 없었다. 어머니를 푸는 어떤 키워드도
맞지 않았다. 맞아본 기억조차 없었다. 엄마 냄새를 더듬노라
면, 할머니의 정겨운 군내만 바람 피우듯 감실거렸다.

　그토록 고즈넉했던 어머니가 옅은 막을 찢고 나온 건, 이 년
전 할머니가 빈의 곁을 비우면서였다. 공황감에 사로잡힌 빈의
눈앞에서 어머니는 맨 처음 온몸에 친친 감긴 푸성귀 줄기부
터 딱, 딱 끊어 보였다. 넝쿨옷을 벗어던진 어머니는 먼빛으로

보던 것보단 훨씬 키가 큰 여인이었다. 처음 보는 맨 얼굴이 빙그레 웃자, 죄책감이 싸하게 가슴을 훑어내렸다. 그 웃음은 할머니와 아버지, 그리고 자신으로 이어진 칼날이 오랜 세월 어머니를 잡아매어왔음을 깨닫게 했다. 그녀는 어머니에 대한 지나친 깨달음에 아이러니를 느끼며, 어머니라기엔 너무 낯선 그 얼굴을 맹랑하게 쳐다보았다.

작년 가을, 흩어져 살던 형제들이 대추 따기를 하려고 집에 모였을 때였다. 대추 자루를 진 다섯 중 넷이 이튿날 새벽길로 떠나간 뒤, 혼자 남은 빈은 달콤하고 늦은 오수를 즐겼다. 퍼뜩 눈이 떠졌을 땐, 발등 너머 흐릿하게 퍼져가는 시야로 문틈에 서린 어머니 뒷모습이 어른거렸다. 문 밖, 쪽마루 멀찍이 돌아 앉은 어머니는 무언가 골똘히 보고 있었다. 마당으로 난 미닫이 문 두 짝이 활짝 열려 있었다. 그 사이, 눈에 익은 아름드리 나무가 뿌리를 땅에 박은 채로 춤추듯 나부댔다. 한 잎, 두 잎, 잎새가 졌다. 어머니는 언제까지고 움직이지 않을 모양으로 허공 바람 무늬를 세고 있었다. 빈은 엉거주춤 엉덩이를 치키고, 무릎으로 발발 기어 문틈에 눈을 붙였다.

전에 본 적 없었던 어머니 모습이었다. 뿐만 아니라, 식물과 어머니 사이의 새로운 차원의 관계 맺음이었다. 떨어지는 것과 동화된 어머니 뒷면은, 막 청소를 마친 아버지 앞면처럼 열반에 들어 있었다. 동시에 조락(凋落)을 완성했다. 장면은 차분한 충격의 파장을 일구면서, 빈의 마음속 깊은 면을 건드려왔다.

그때였다.

나타나지 않을 시간에 아버지가 아연히 들이닥쳤다. 태울 듯한 집중력으로 어딘지 모호한 곳을 뚫어져라 보면서 황황히 들어서다가, 점심때 한바탕 쓸어붙인 낙엽 자리에 눈이 가고 말았다.

"저노무 잎싸구들!"

쓸어도 쓸어도 또 쌓이는 잎싸구였다. 아버지는 다짜고짜 담벼락 모서리에 기대 둔 싸리비를 탕탕 들어 쳤다. 오랫동안 마당을 지켜온 아름드리 둥치를 매로 치듯 철썩 후려갈기곤, 빗자루를 거꾸로 치켜세워 많은 생각으로 야윈 황갈 잎사귀들을 마구 떨구어냈다. 팔방으로 튄 낙엽들이 다시 한번 싹싹 쓸어 모아졌다. 그래도 가지 끝에 부숭부숭 매달린 고엽들이 놀림을 주듯 대롱거리자, 아무도 예상 못 한 일, 곧 아버지가 지붕으로 올라가는 사건이 일어났다. 참으로 뜻밖의 광경이었기 때문에 실제 일어나는 일이라기보다 마루의 유리문 틀을 경계로 펼쳐지는 영화의 한 장면 같았다. 하지만 이내 천장에 이어 붙인 널판들이 저렁저렁 울리기 시작했으므로 의혹은 오래가지 않았다. 쿵쿵 울리는 품이, 곧이라도 널의 경계 면이 들쭉날쭉 갈라 터지며, 그 밑으로 아버지가 쑥 빠질 듯했다.

아버지는 위험을 가중시키리라 여겼던 육중한 체구가 오히려 안전을 지키는 버팀목이 되는 모양으로, 지붕 물매를 버젓하게 버티고 섰다. 빗자루 대신 긴 장대를 휘어잡고 나무 꼭지를 치고 있는 모습은, 우스꽝스럽긴 했지만 위용(偉容)은 위용이었다. 흠씬 얻어맞은 가지들이 살을 털며 윙윙 우짖었다. 때의 마지막 잎새들이 생각에서 자유로워지는 고행자처럼 가야 할 곳으로 가고 있었다.

빈은 딴청을 부리듯 어머니 앞을 빙 돌아 오디오 기기 옆에 세워둔 인디언 방패 모양의 CD 케이스 앞까지 걸어 보았다. 어머니의 표정이 궁금했던 그녀는 다시 한 차례 찌릿함을 맛보았다. 잎새 대신 아버지를 보고 있는 어머니는 천만 뜻밖에, 끌끌 웃고 계셨다. 지붕에서 내려온 아버지도 뻘쭘 웃었다. 두 노안 속의 동안이 싱그러웠다. 누가 뭐래도 아버지와 어머니는 보기 흐뭇한 배필이었다.

더러운 매혹

남녀가 P레스토랑에 마주 앉았다는 건, 그들이 무어라 둘러 댄들, 회색 양말을 신었건 해진 가죽 가방을 들었건, 결국은 보기 흐뭇한 배필이 되기 위해서일 터이다. (처음에야 겸연쩍어 극구 부인할 테지만, 종당에는 빈도 이 점을 인정하리라.)

하지만 막 의자를 빼어 그 H라는 남자의 맞은편에 앉던 참에, 빈의 무의식 속에선 일체의 흐뭇한 가능성에 대한 전적인 포기가 이루어졌다. 요컨대 H는 어느 한구석 그녀를 사로잡는 매력이라곤 없는 남자였다. 하지만 만만치 않게도, 예컨대 그녀가 순전한 내면의 부르짖음으로 "저런 매력이라곤 없잖아!" 하면서 H를 외면한 순간, 그녀 마음속에 어떤 비통한 감정의 즙액을 방출시킨 특이한 인간이기는 했다.

그리하여 빈은 남성과 인간 사이의 고랑에서 피는 아련한 혼돈의 안개에 치이게 되면서, 어영부영하는 자신이 짜증스럽긴 하면서도 차마 그 H를 그냥 내치고 떠날 수는 없는 난처한 지경에서 세 시간 가까이 붙들려 있게 되었다.

빈의 마음에 일어난 이상 현상. 그것은 남자를 내친 순간, 불현듯 빈의 누선을 자극해버린 쓰라린 죄의식의 발로였다. 살다 보면 그저 보는 것만으로도 까닭 없이 측은지심을 자아내는 슬픈 인상의 사람들을 만나게 된다. 말하자면 웃고 있어도 안 돼 보이고 농담을 해도 서글프고, 거드름을 피우면 비루해 보이는 독특한 개성의 인간들인데, 마침 그날의 H가 빈에겐 딱 그런 인물이었다.

빈은 보자마자 H를 밀어낸 슬픔에 가득 차, 손가락 끝에 눈물까지 찍어내면서, 메뉴판을 펼쳐 종잇장이 패이도록 후벼보았다. 미묘하게 회오리 치는 내면의 비밀을 H에게 들키지 않으려면, 얼마 동안 고개 숙이고 있을 핑계 거리라도 꽉 잡고 있어야 했다. 따라서 누가 보기에도 지나치리만큼 집요하게 요리 품목 하나하나를 길게 눈여겨보았다. H는 저 여자가 왜 날 보고 대뜸 울기부터 하나, 그들 사이를 중개해줄 웨이터가 올 때까지 말문조차 열지 못했다.

이러는 내가 저 남자는 얼마나 황당할까.

빈은 자기 자신이 떫게 느껴지면서 자격지심이 일었다. 하지만 그와 동시에, 그런 식의 자기 비하를 하는 데도 거부감이 일어났다. 그녀는 고양이에게 쫓기는 시궁쥐가 되었다.

그리하여 두 손아귀에 그들과는 견줄 수도 없게 호화롭게 꾸며진 메뉴판을 딱 거머쥔 채, 빈은 자못 공손하게 고개를 조아린 웨이터를 딱부리처럼 뚫어보며 자신도 모르게 "여기, 해

물 스파게티 둘!"이라고 쩌렁하게 외쳤다. 그렇게 균형은 깨어
졌다.

자신의 의사도 묻지 않고 빈의 입에서 해물 스파게티 둘, 이
라고 튀어나온 순간 H의 눈에선 해골의 광채 같은 하얀빛이
반짝했는데, 선천적으로 타인의 오독을 유발하기 쉬운 H의 골
상 및 인상적 요인들로 말미암아, 빈은 아무런 갈등 없이 그
우윳빛 번득임을 자신에 대한 지극한 경탄의 징후로 받아들이
는 오류를 범하고 말았다. 양 눈초리가 힘없이 처진 H는 지나
치게 유순한 인상이었다. 따라서 나름대로는 항의를 전달할 요
량으로 눈두덩에 힘을 주고 두 눈을 부릅떴던 것인데, 애석하
게도 분노의 붓질은커녕, 양처럼 선량하게 생긴 눈매에 깜찍함
이라는 의도하지 않은 의외성을 부각시켜놓은 것밖에는 아무
런 소득도 거두지 못했다.

하지만 그 점을 감안한다 쳐도, 빈 역시 자신의 오해를 철회
하기는커녕 증폭시켜가는 입장이었으므로, 눈앞의, 잔뜩 무시
당해 기분을 잡친 느려터진 사내에게 하등 해명할 필요를 느
끼지 않았고, 단지 남자의 눈매가 몹시 고운 것에 당혹하여 그
를 지켜보기가 여간 곤혹스럽지 않다는 점만 반복해서 의식하
고 있었다.

그로부터 약 두 시간여에 걸쳐, 그들은 어쨌든 호사스런 음
식 접시를 말끔히 비웠고, 빈이 자꾸 채워달라고 요구한 커피
를 오래 나누어 마시는 동안 H는 맥주를 세 병이나 마셨다. 그
러면서 지루하게 대화를 이어가기는 했다. 그 대화의 특징은,
하고 있는 동안에는 허리가 틀릴 정도로 지루할 뿐인 반면에,

가령 제3자에게 둘의 대화를 그대로 옮긴다 치면 대번에 우스꽝스러워지는 양면성을 가졌다는 점이었다. 최초의 이십 분쯤인가 흘러갔을 때 빈은 그 점을 어렴풋이 깨달았다. 만약 그 양면성조차 깨우치지 못했더라면, 그녀는 정말로 앉아 있기 난감했을 것이다. 그들 사이의 대화란 그만치 답답하고 느려터진 것이었다.

첫 순간의 크나큰 오해에 힘입어, 빈은 포크를 들면서부터 자기 세계에 대한 빈틈없는 주장을 펼쳐 보였지만, 왠지 다시는 H의 눈에서 경탄의 새하얀 빛이 번득이지 않았고, 기대한 반응이 나오지 않자 그녀는 점점 질식할 지경이 되어갔다. 그렇다고 냉정히 일어나자니, 예의 측은지심이 발목을 잡고 늘어졌다.

하지만 자신들 대화의 우스꽝스러운 특징을 꿰뚫기 시작한 뒤부터는, 욱신거리던 신경의 통증이 한결 견딜 만하게 가라앉았다. 기대는 접을 것이며, 제3자의 관점에서 대화의 엉뚱함만 실컷 즐긴 뒤, H가 결코 민망하지 않을 어떤 시점에 자연스럽게 일어나리라. 거기까지가 이 H에 대한 나의 최선을 다한 배려이고, 아버지와 결정을 본 H 아버지에 대한 최소한의 예절임과 동시에 아버지에 대한 온당한 처신이라고 할 수 있어…… 그러니까 다소 귀찮더라도,

"회사에선 주로 무슨 일을 하시나요?"

"저 말입니까?"

또 누가 있느냐는 듯 좌우로 턱을 뿌리듯 확확 돌려보자,

"아, 예, 주로 컴퓨터를 켜두고 있습니다."

"……."

빈의 짧은 침묵에, H는 현미경적 치밀함이 깃들인 표정으로 그녀의 움직임만 좇고 있었다. 그 표정을 감당하는 느낌은, 마치 콘택트 렌즈 위에 안경을 덧쓴 것과도 같았고, 지나친 존중은 모멸이고 지나친 부지런은 게으름만 못하다는 의혹을 불러일으킬 만한 것이었다. 그 부담스런 느낌을 부수고 나가려면 오로지, 마치 그녀 입술에 의해 돌로 다루어지기 위해 그 자리에 나온 것 같은 그 H에 대고 죽으나 사나 석수질이나 하는 수밖에 달리 방편이 없었다. 빈은 H에 대한 자신의 문화적 우위를 환기함으로써 애써 여유를 추슬러,

"문화 쪽에는 통 관심이 없으세요?"

"아, 아닙니다." H는 수상한 기척에 총부리를 들이대듯,

"있습니다."

"어떤……."

"예, 영화도 보고. 여언극도 보고!"

"어머, 연극도 보세요? 어떤 연극을 보시는데요?"

"아, 예. 그 동숭동에서도 보고, 예술의 전당에서도 보고."

"주말에요?"

"주로…… 평일에 봅니다. 주말은 혼잡해서. 저는 웬만하면 붐비는 장소에는 안 갑니다."

"평일에 그럴 시간이 되시나요?"

"예. 됩니다. 네시에 퇴근해도 됩니다."

"그렇게 일찍? 그럼 영화나 연극을 안 보시는 날에는요?"

"집에 갑니다."

"어머! 심심하시겠어요!"

"아닙니다. 심심하지 않습니다. 가끔 적적할 때는 있지만(여기서 빈이 보기에 H는 분명히 군침을 삼키는 듯한 표정으로 자신을 보았다), 심심한 거하고 적적한 거하고는 다르지 않습니까?"

"어떻게 다른데요?"(그녀는 야비다리를 친 것이다.)

"그게 저, 심심하다 할 때는 정말로 아무 할 일이 없는 상태고…… 저는 그렇지는 않습니다."

"집에서도 일을 많이 하시는 모양이에요?"

"아닙니다, 그렇게 많이 하지는 않습니다."

"……."

짧은 침묵이 끼자, H는 다시 꿰뚫어볼 듯한 집중력으로 빈의 입술 언저리에 초점을 모은다. 빈은 그 H에게 또다시 서글픈 연민이 치밀어,

"어쨌든 있으신 거로군……요."

"아, 예."

해죽 웃어본다.

"그게 뭘까요?"

"궁금하십니까?"

"네에."

"뭐, 밥도 해먹고,"

그때였다. 가불거리던 빈의 언동에 자신도 모르게 제동이 걸리면서, 그녀는 H를 놀랠 만큼 큰 소리로 되물었다.

"네? 사드시는 게 아니고요?"

"저 밥 잘 해먹습니다."

빈의 가슴에서 무언가 소르르 무너졌다. 그때까지 H를 향해 마른 먼지만 풀썩이던 마음 밭에 촉촉한 기운이 내리기 시작했다. 그 놀라운 변화는 그 자체로 다시 한번 빈의 누선을 찌릿하게 자극했다. 그녀는 코끝이 찡한 나머지 불결하게 젖어 나오는 비음(鼻音)을 어떻게든 맑게 다듬어내려 애쓰며,

"뭣 해드시죠? 그럼 반찬도 직접 만드신단 말이에요?"

"아, 예. 간단한 것은 제가 만들고, 그 있잖습니까, 백화점 지하 같은 데서 만들어 파는 반찬, 그…… 콩, 있잖습니까, 콩! 콩으로 만든 자반도 사 먹고 멸치볶음 같은 거하고, 오징어젓이라든가, (제법 긴 사이) 아, 하지만 간단한 일품요리 같은 것은 직접 만들어 먹습니다."

"아, 즉석 카레 같은 거요?"

"저는 가급적 인스턴트 식품은 안 먹습니다."

어머, 그랬군요…….

"그리고는요?"

"그렇지만 결혼을 하게 되면 달라지리라 믿습니다."

"네?"

이 순간을 기점으로 그들의 분위기는 다시 한번 미묘하게 뒤틀렸다. 빈의 얼굴에 낭패한 빛이 스치면서 H의 입술은 기름기로 반짝거렸다.

"아, 예! 그리고 일곱시 반쯤부터 신문 스크랩을 합니다."

"스크랩이요?"

빈은 자신이 무슨 말을 내뱉고 있는지도 모른 채 건성으로

중얼거렸다.

"예, 그게 생각보다 분량이, 꽤, 많습니다."

"네?"

"정치, 경제, 사회, 문화, 생활 정보, 의학 다 합니다."

빈은 사뭇 어이가 없다.

"그런 걸 왜 하시는데요?"

"그 신문 정보라는 게, 모든 정보 중에서 가장 농축된 정보라고 할 수 있지 않습니까?"

"네?"

빈이 거부하는 듯 반문하자,

"저는 그렇게 생각을 하니까, 필요한 것들을 오려둡니다."

"그럼 분야별로 스크랩을 해두시나요?"

"아, 아닙니다. 그냥, 그날그날 치를 한꺼번에 오려서 붙입니다."

"그럼 나중에 헷갈리지 않으세요?"

"안 그렇습니다."

H는 거의 흥겨움으로까지 고조된 자신에 대한 흡족을 주체하지 못하여, 이 대목에서 그만 빈에게는 유일한 장점으로 평가되었던 겸양의 미덕을 놓치고 말았다.

"어디에 뭐가 있는지, 그 어느 때라도 머리에 환합니다. 언제 무슨 신문 무슨 면에서 무엇을 오렸는지, 무슨 색 파일 몇째 쪽에 무엇을 붙였는지, 심지어는 기사 칸막이용의 검은 세로선을 끼워 넣고 오렸는지, 잘라내고 오렸는지, 훤하게 떠오르는 것입니다. 그 덕에 제딴에는 뭘 내다보는 능력은 제법 쌓였다고 자부를 합니다. 예를 들어서, 저는 옐친이 오늘날 저 모양이 될 줄을 진작에 내다보았습니다. 그 사람에 대해서 스크랩해놓은 기사 중에는 아주 형편없는 내용들이 많습니다. 들어보실래요?"

이 대목에서 H의 태도는 완연히 빈을 무시하여, 그녀는 얼떨떨한 나머지 "네!" 하고 말했다.

"옐친의 폭음은 많은 일화도 생산했다. 아일랜드 방문 시, 술에 취해 비행기에서 내리지 못해 그냥 모스크바로 돌아가는 결례를 범했으며, 볼가강 유람선에서 술을 마시다가 장관들을 밀어서 강물에 빠뜨리기도 했다. 또 크렘린궁 주방장이 옐친 건강을 우려, 주안상에 물 탄 보드카를 내놓다가 발각돼 해임된 일도 유명하다. 우핫핫, 유람선에서 술 마시다 강물에 빠진 장관들 기분이 어땠을까요? 한번 상상해보십시오. 정말 가관 아닙니까?"

H는 거기서 멈추지 않고, 그 이야기의 스무 배쯤 되는 시시껄렁한 기사 이야기를 좔좔 쏟아내었다. 빈의 입에서 절로 "끙" 하는 신음이 터져 나왔을 땐, H도 더는 견딜 수 없다는 표정을 짓고 있었다. 심지어는 어떤 표정에서 다른 어떤 표정으로 이행되는 틈에, 언뜻 어리었다 사라지는 표독한 낯빛으로, "이봐요, 당신!"이라고 버르장머리 없이 지껄였다. 빈은 분명히 그 말을 들었지만, 그 말이 귀를 스친 그 순간 자체를 잘라내버리고 싶었다. H의 음성은 음험하고 울적하며, 극도로 짧은 순간이었지만 빈을 향한 증오에 사로잡혀 있었다. 그것은 마치 환청으로 들은 악마의 속삭임처럼, 온몸에 미세하게 퍼진

신경 섬유를 타고 빈의 의식을 유린했다.

빈은 눈앞의 H를 믿을 수 없었다. 이 사람이 누군가. 티를 털어내듯 눈꺼풀을 크게 끔쩍하면서, 방금 본 허깨비를 눈앞의 H로부터 떼어내려고 자신도 모르게 가련할 만치 안간힘을 쓰며 식은땀을 흘렸다.

"아, 아, 아, 아."

H는 넥타이 매듭을 느슨하게 내린 뒤, 늘어진 매듭 부위를 손아귀에 쥐고 빈을 노려보면서 좌우로 맹렬히 흔들더니, (맥주 빈 병이 어느새 여섯으로 늘어나 있었다.)

"갑시다!" 하면서 벌떡 일어났다.

그 바람에 테이블이 왈칵 흔들리면서 가득 채워진 물잔이 얌전히 옆으로 누웠다. 테이블보 자락을 타고 떨어진 물줄기가 빈의 회색 발등 위에 물갈퀴 무늬를 똑똑 찍어놓았다.

"아직 결론을 못 내렸잖아요!"

빈은 벽력같이 꾸짖으며 H에게 맞섰다.

H는 졸다가 깬 듯 꿈쩍하며 빈을 응시했다. 마치 미치고 싶은 감정 자체를, 어깨에 멘 새끼양을 메치듯 내던져버린다는 듯한 표정이었다. 그런 순간에도 눈매는 양순해 보였지만, 그 양순 자체가 기만이라고 느껴진 이상 어떤 앙칼진 눈매보다 교활하게 앙칼진 눈매였다. 분노에 휩싸인 그녀는, 의외로 가슴이 얼음처럼 싸늘해지는 것을 느끼면서 또박또박 내뱉기 시작했다.

"밥 말이죠, 그 밥 문제에 대해서 나도 할말이 남았거든요. 오늘 해주신 얘기 중에선 H씨의 밥 얘기가 가장 감동적이었어요. 밥이란 정말 중요한 문제잖아요. 나도 물론 밥을 좋아해요. 특히, 맛있는 거 먹는 걸 정말 좋아해요. 그래요, 누군가 해주는 사람만 있다면, 얼마나 아름답고 얼마나 행복하게 잘 먹어 보이면서 즐겁게 살아갈 수 있겠어요? 하지만요. 그걸…… 제가 하면서 살고 싶은 생각은 없어요."

빈은 행여 다시 H의 얼굴을 보고 그에 대한 측은지심을 돌이키게 될세라, 높다란 뾰족 모자를 쓴 14세기 귀부인처럼 코끝을 들고 화장실을 찾아나갔다.

가방

전형적인 장마철 날씨였는데, 공기는 잠잠했다.

침침한 복도 저 끝에서, 가늘고 높게 뚫린 들창으로 구름 틈새에서 반짝이는 햇살 두어 줄기가 날카롭게 들이쳤다. 할머니는 그 환상적인 빛에 떠 들려서, 색동 부채처럼 보이는 조그만 우산을 살랑살랑 흔들며, "빈아" 부르고 있었다.

부드럽지만 축축하고 퀴퀴한 공기를 가르며 빈은 달려나갔다.

어떤 폭발적인 감정이 끓어올랐다. 단지 기쁨도, 반가움도, 은혜에 대한 느꺼움, 사무침만도 아닌, 한 사람이 사람에 대해 품을 수 있는 전적으로 의존적이면서도 아무것도 결여되지 않은 풍요로운 감정의 용광로가, 아직은 작은 소녀였던 빈의 가슴을 형체 없이 녹여버릴 듯 이글이글 끓어올랐던 것이다. 빈은 한 손에 우산을 든 할머니 가슴으로 메뚜기처럼 팔랑 뛰어 올랐다. 그러자 천지는 오직 할머니를 중심으로 팽팽 돌아가는 나선형 소용돌이로 빨려들기 시작했다. 그녀는 붉은 고추잠자리가 슬프다고 느끼면서, 주름지고 접힌 할머니의 목에 매달려 아마도 살점이 하나도 없이 야위었을 할머니의 허벅지를 두 다리로 사정없이 굴러댔다. 짧은 원피스의 밑단이 말려 올라가면서, 붉은 점들이 무수히 찍힌 앙증맞고 시리도록 청결한 팬티가, 맞은편 복도 끝에 검은 포도송이처럼 데굴데굴 엉킨 아이들의 눈동자들 속으로, 뭉친 흰 눈이 쏘는 화살처럼 반짝반짝 반사되었다. 그러나 아무도, 그 삼각형으로 재단된 손바닥만한 천 조각에 빈이 사랑하는 딸기의 이데아가 무수히 모사, 복제되어 있었던 것을 알아보지는 못했다.

빈은 할머니, 하고 불러보았다.

도대체 그 할머니를 대신해줄 수 있는 것이라곤 아무것도 없었다. 빈이 그 느낌의 중심으로 자신을 가져가면서 영혼의 안정을 도모할수록. 어쩔 수 없는 일이었다⋯⋯ 세상은 사막처럼 메말랐고, 꺾인 내면의 충복인 외로움이라는 광대만이 악순환의 열반에 들어 밤낮으로 가불거렸다.

이십 분 후면 지하철이 그녀를 집으로 데려다준다. 그날 밤 그녀에겐 그 지하철만이 새의 둥지처럼 포근하게 느껴진다. 집으로 가는 것. 그것은 추상화된 것에, 다시 외부로부터 관념을 부여한 종류의 할머니 품, 곧 할머니 그림자의 그림자였다. 하지만 그림자면 어때. 그것은 집이라는 형태로부터, 이제는 형태가 없어진 할머니라는 진상으로 추억해 들어갈 수 있는 하나밖에 없는 키워드였다.

잠시 지친 눈을 감은 빈의 뇌리에, H 그림자가 스쳐갔다. 오늘 밤 본 자신의 H는 H 그림자의 그림자의 그림자쯤 될까. 그녀는 정신적으로 허탈했을 뿐 아니라, 육체적으로도 탈진되었다. 그 밤에 그녀는 그 가냘픈 H를 통해서조차, 한 인간이 또 다른 인간에게 품을 수 있는 거의 모든 감정의 가능성을 맛보았기 때문이었다.

화장실 앞에서 빈을 기다린 H는, 다시 딴사람처럼 깍듯한 멍청이로 되돌아가 있었다. 그리하여 어쩔 수 없이 그들은 마치 우호적인 한 쌍인 것처럼 기나긴 에스컬레이터를 나란히 타고 내려와 호화로운 로비를 가로질러, 어쩌다 회전문의 한 날개에 함께 끼여들어, 칠면조 벼슬처럼 달아오른 얼굴로 출구를 빠져나오게 되었다.

기나긴 에스컬레이터를 내려오면서 그들 사이에는 이런 대화가 오갔다.

빈이, H 가방의 경탄할 수밖에 없는 낡음에 속으로 혀를 내두르며 단지 입술로, 가방이 참 특이해 보인다고 칭찬을 했을 때였다.

"이 가방이 참 좋습니다."

H는, 지하철 같은 곳에서 꽂을 곳이 많은 가방을 판매하는 장사꾼처럼 가방 지퍼를 드르륵 열고 속을 쫙 펼쳐 보여주면서,

"이 안에 뭘 꽂을 데가 참 많습니다. 벌써 여기 펜이 다섯 자루가 들어가죠, 수첩은 여기에 꽂고, 책이나 서류, 옷가지 같은

것도 어떻게 넣느냐에 따라 보기보다 상당히 들어갑니다. 이렇게 낡아 보여도 얼마나 쓸모가 있는지……."

빈의 눈에 아주 조그만 사각 주머니 같은 게 눈에 띄어 그건 뭘 꽂는 곳인가 물어보니,

"글쎄 말입니다. 분명 뭔가 안성맞춤으로 들어맞을 텐데……"

H는 내려오는 에스컬레이터에서 기우뚱거리지 않게끔 그 주머니를 들여다보면서 잠시 생각한 뒤,

"아! 여긴 주민등록증을 꽂아두면 되겠습니다."

굳이 또다른 주머니에 꽂힌 수첩을 뽑아내선, 그 갈피에서 주민등록증 같은 것을 끄집어내더니 조그만 주머니에 우겨넣고는,

"아, 이거네! 정말 안성맞춤 아닙니까? 이제 보니 주민등록증을 꽂으라는 주머니였습니다."

드디어 회전문 밖으로 나오자, H는 비로소 한숨 돌리듯 눈초리에 다소 안되어 하는 빛을 섞어(마치 지금껏 견뎌준 쪽은 다름아닌 자신이었다는 듯이),

"벌써 칠 년을 들고 다녔는데도 워낙 마음에 들어서…… 이만한 가방이 없습니다. (그냥 뒤돌아서려다 다시 한번 안쓰럽다는 듯이 빈을 눈여겨보면서) 추, 추울 때 있잖습니까? (H는 마침 불어오는 덴바람에 부르르 진저리를 쳤다) 추울 때는 뭐든 하기 귀찮지 않습니까? 그때는 볼펜 같은 걸, 이쪽, 가방 거죽에."

H는 가방을 들어올려 좁은 옆면의 중간쯤에 박음질되어 있

는 서너 개의 가죽 구멍을 가리켰다.

"여기 꽂아두고 쓰면 참 편리합니다. 가방은 뭐니뭐니 해도 쓰는 사람이 편리해야 하지 않습니까?"

그리곤 도무지 더는 요령부득이라는 듯, 참으로 딱하고 참으로 측은해하는 마지막 눈길로 빈이라는 존재에 대한 경험 자체를 깔끔히 잘라내곤, 깊이 뚫린 지하철 입구 속으로 총총히 사라졌다.

독신, 베네티안 블라인드 속에 가려진 세계

누구나 인생에서 한 번쯤은 거쳐가게 마련인 독신이라는 알 속의 세계.

이 알 속에서 보낸 독신의 시간들은 실상 알 밖의 인생을 부화(孵化)하고 있는 것이다.

이 경우 독신은 결혼의 여부와 무관하게 현실로부터 차단된 내밀한 열정을 의미한다.

베네티안 블라인드 속에 자신을 가린 채 남몰래 키워가는 단독자의 세계,

그것은 독신 바깥의 삶을 지탱하는 힘이자,

그러하기에 죽음 이후에도 영원히 남을 혼자만의 비밀스런 역사이다.

독신은 베네티안 블라인드 속에 가려진 세계이다. 안에서는 바깥을 내다보면서도 바깥에서 들어오는 시선은 완강히 거부하고 있다. 세상이 한 개인에게 거는 믿음들을 배반하면서〔瀆信〕이 고립된 영토를 고집하는 독신의 근거는 무엇인가. 감춰진 저마다의 사연들이 있겠지만, 분명한 것은 그것이 결국 선택이라는 점이다. 그 무엇과도 맞바꿀 수 없는 자신만의 세계에 대한 믿음〔篤信〕이 그것을 지탱하고 있다. 그렇기 때문에 영광과 비참함이 교차하는 그곳, 유혹과 두려움이 서로 자리를 바꾸는 바로 그곳에 독신이 존재한다.

독신은 알〔卵〕이다. 팔과 다리와 머리가 분화되기 이전, 기관들(organs)이 존재하기 이전의, 기관이 없는 신체, 그것이 곧 독신이다. 팔이 되기 이전에 가로선으로만 존재하는 그곳, 다리로 만들어지기 이전 세로선으로만 존재하는 그곳, 그 자리에 독신이 있다. 모든 의미화를 거부하는 그 자리, 순수한 정동(情動)으로만 존재하는 그 자리가 바로 독신이다. 그러기에 철저하게 혼자되는 몸(獨身), 독신은 하나의 새로운 세계다. 여기 이 새로운 세계 속을 통과하는 여섯 개의 독신기계들이 있다.

전혜성의 「섹스에 관해 너무 지껄인 다음날」에서 주인공 '빈'은 독신녀이다. 그녀에게는 할머니와 함께 살았던 정겹고 평화로운 날들에 대한 기억이 있다. 그러니까 그녀에게 '집'이란 할머니의 품이라는 추상적인 것이기에 그녀의 의식은 현실적인 가족을 거부하고 있다. 독신의 근거가 바로 여기에 놓여 있다. 그러나 풍요로움에 대한 관념적인 편향으로 인해, '빈'의 현실적 생활은 외롭고 고독하다. 이 외로움과 고독을 채우는 그녀의 방식은 식욕이다. 말하자면 정신적인 허기를 물질로 채우는 것이다. 이 순간 육체의 공복과 정신의 공허가 연대한다. 여기에 외로움의 나르시시즘이 존재한다. 그러니 당연하게도 독신자는 기질적으로 마조히스트일 수밖에 없다. 외로움의 긴장으로 타인의 침입을 경계하면서, 그 긴장의 막이 얇아졌다가 두꺼워졌다 하는 것을 즐기는 것이다.

그러던 중 '빈'은 아버지의 강요에 의해 H와 선을 본다. H 또한 요리와 신문 스크랩으로 정신적인 공허를 메우고 있다. 독신에 있어서 외로움은 가장 끔찍한 것이기 때문이다. 그러나 그것은 외롭지 않다고, 외롭지 않아야 한다고 스스로에게 거는 주문과도 같은 것이다. 물론 '빈'도, H도 이 사실을 명확히 알고 있다. 실상 독신에 있어서는 외로움만이 스스로의 존재 근거이기 때문이다. 그러하기에 '빈'과 H의 만남은 이루어질 수 없다. 이것은 처음부터 예정된 것이다. 다만 외로움의 편안함을 다시 확인하는 계기였을 따름이다. '빈'에게는 여전히 아무도 없는 집으로 가는 것이 삶의 핵심이다. 할머니의 품이라는 추상적인 공간을 대치할 수 있는 것은 현실 속에 없기에.

윤애순의 「영화가 끝나고」에서는 독신과 결혼의 경계에 서 있는 주인공의 심리가 여실하게 그려져 있다. 이혼한 지 이 년째 되는 독신녀 '나'는 여섯 살짜리 아이가 딸린 이혼남 '그'로부터 청혼을 받은 상태다. 결혼에 한 번 실패한 경험이 있는 '나'는 갈등할 수밖에 없다. 결혼은 '나'에게 욕망의 포기를 의미하기 때문이다. 그런데 문제는 결혼을 비껴감으로써 지켜질 수 있는 그녀의 욕망 자체가 불투명하고 실현될 수 없다는 점이다. '나'는 이 갈등을 '나'가 키우는 강아지 토비 앞에서 보고 있다. 암컷인 토비는 바야흐로 생리를 시작했다. 발정기가 온 것이다. 토비 앞에 선택이 놓여 있다. 집 밖으로 뛰쳐나가 다른 개와 교미를 하며 더러운 모습으로 쓰레기통을 뒤질 것이냐, 아니면 난소 제거 수술을 받고 주인의 보살핌을 받으며 집 안에서 키워질 것이냐. 물론 집 밖으로 나갈 경우, 발정기가 끝난 개는 자신을 밖으로 그토록 거칠게 내몬 자신 속의 욕망이 무엇인지도 알지 못할 것이다. '나'는 토비의 선택을 지켜본다.

모두 다 가질 수는 없는 거야, 개든 사람이든. 그렇지? 무엇을

포기하고 무엇을 지킬 것인지 어디까지나 선택의 문제인 거
야.(135쪽)

결국 토비는 산책중에 만난 큰 개를 좇아 사라져버렸다. 이
일이 있고 난 후, 어느 날 '그'는 '나'에게 자신의 아이 채린을
만나보도록 권유하며 결혼을 종용한다. 그러나 아이에게는 어
머니의 기억이 뚜렷하게 남아 있다. 아이와 자신을 속이며 새
로운 관계를 만들어나가는 험난한 도정이 앞에 놓여 있는 것
이다. 이 순간 '나'는 토비가 현관문을 두드리는 환각을 듣는
다. '나'는 처음의 자리로 다시 돌아와 머릿속에서 흩어진 조
각들을 맞추어본다.
  김현영의 「웨딩 웨딩 드레스」는 결혼 속의 독신이라는 참신한 주
제를 담고 있는 작품이다. 주인공 '나' 현영은 구성 작가다. 결
혼 속의 독신으로 살고 있다. 그렇기에 남편은 '그림자'다.
'나'는 명목상은 구성 작가이지만 방송판에 어울리는 마인드
를 지니고 있지 못하기에 프로그램을 맡지 못하고 실업자 신
세에 놓여 있다. 소설가인 대학 동기 H가 방송국에서 편집 과
정을 지켜보고 싶다는 부탁을 해온다. 그러면서 자신의 소설
구상을 덧붙인다. 그 속에 등장하는 한 여자는 관상어를 판다
는 말과 함께. '나'는 관상어를 파는 여자 Y를 만난다. 순진한
그녀는 그러나 수입을 시골집에 매달 부치는 가난한 여인이다.
경제적 능력 때문에 결혼할 엄두도 못 내고 있다. 그녀에게 독
신이란 삶의 한 방법이라기보다는 계급에 가까운 것이다. 독신
은 신종 프롤레타리아인 것이다.

혹독한 현실의 독신을 견뎌야 하는 Y의 한마디 한마디가 날카롭게 나를 찔렀다. 그녀에게 독신은 삶의 한 방법이라기보단 계급에 가까웠던 것이다. 신종 프롤레타리아, Y. 그녀는 혁명을 꿈꿀까? (21~22쪽)

Y와의 만남과 그것을 통해 갖게 된 Y에 대한 '나'의 감정은, 기억 속으로부터 한 여인을 떠올리게 한다. 구멍가게를 하던 긴 목의 여인. 동생을 두고 혼자 강을 건너 살아남았다는 죄의식에 시달리는 '긴 목'은 매듭을 만들어 파는 젊은 여자와 동성애 관계에 있다. 그런데 '매듭'에게는 그녀를 끈질기게 찾아오는 남자가 있다. 그러던 중 '매듭'은 스스로 목숨을 끊는다. 기억 속의 여인들의 삶은 '나'의 의식 속에 너무도 강한 인상을 남기고 있지만, 현재의 삶 앞에서 이미지처럼 낯설다. '나'는 그녀들에 대한 그리움으로 길어진 목을 간직한 채, 결혼 속에서 독신의 삶을 살아간다.

류소영의 「피스타치오를 먹는 여자」는 피스타치오 열매와 독신을 연결시키는 재치 있는 상징이 돋보이는 작품이다. 주인공 '나'는 결혼해서 원룸에 살고 있다. 옆집에는 피스타치오를 미친 듯이 좋아하는, 종갓집 넷째 딸 김연두가 독신으로 살고 있다. 그녀의 현관문에는 다음과 같은 쪽지가 붙어 있다.

〈자동차 없음. 일간지 두 가지나 보고 있음. 우유 싫어함. 교회 다닐 생각 없음. 학습지 배울 어린애 없음. 기타 구매하고 싶은

것 없음〉.(42쪽)

　　몸에 꼭 맞으면서도 은행알처럼 답답하게 막혀 있는 것도
아닌 피스타치오 껍질은 곧 현실로부터 자신을 가둔 그녀의
삶을 둘러싼 견고한 막이다. 이 껍질을 갖지 않으면, 종갓집 넷
째 딸의 삶이 그러했듯, 그녀는 세계가 휘두르는 대로 삶을 살
아가야만 하기 때문이다.

　　그러던 그녀가 술집에서 나이 어린 종업원에게 모욕을 당한
후 의기소침해진다. 그녀를 지켜주고 있던 당돌함이 현실의 벽
에 부딪힌 것이다. 견고한 독신의 표면, 그러나 그 속에는 피스
타치오 열매처럼 연약하고 쭈글쭈글한 알맹이가 들어 있다. 비
록 그것이 땅콩보다 깊은 맛을 지니고 있을지라도.

　　박자경의 「어둠보다 익숙한」은 '여(汝)' '유(you)' '미(me)' 3인
의 동행기이다. 이혼녀인 '여'는 주인공 '미'의 언니이고, '미'
는 '유'로부터 청혼을 받은 상태이다. 셋은 서로 참견하지 않
는다는 규칙을 정하고 같이 여름 휴가를 떠난다. 그러나 '여'
는 자신의 불행한 과거로 인해 극도의 신경증을 보인다. 그런
'여'를 바라보는 '미'의 시선은 결코 곱지 않다. '유'와의 관계
도 서걱거린다. 소설 처음부터 끝까지 미묘한 신경전이 지속되
고 있다. 촬영 간 '유'는 밤늦도록 소식조차 없고, '유'에게 전
화를 걸러 간 '여'마저 돌아오지 않는다.

　　이 깊은 숲, 깊은 방 드디어 나는 진정으로 혼자가 된 것이었
다. 마침내 나의 소망이 이루어진 것인가, 아니면 혼자 남겨진 불

행한 운명의 참화가 일어난 것인가. (116쪽)

이 순간 '미' 앞에 선택이 놓여 있다. 어둠 속으로 과감히 나설 것인가, 아니면 "어둠보다 익숙한" 지금의 이 상태에 머물 것인가. 그것도 아니라면 비밀스런 자유가 보장된 철저한 독신으로 파고들어갈 것인가. '미'는 이 선택 앞에서 주저하고 있다.

이신조의 「콜링 유」에서 주인공 '나'는 모닝콜을 해주는 일을 한다. 새벽 다섯시, '나'는 세 통의 전화를 차례로 걸고는 하늘색 수면제 '잘덴' 반 알을 먹고 겨우 잠든다. 세 통의 전화 중 한 통은 한 번도 받지 않은 적이 없었던 05에게 건다. 05에게는 십 분 후에 다시 확인 전화를 건다. 또 한 통은 언제나 자동 응답기가 받는 96에게. 96에게는 너바나의 네버마인드 앨범 중 5번 〈리튬〉을 들려준다. 그리고 나머지 한 통은 42에게. 모닝콜에 앞서 42에게는 A4 두 장 분량의 어시스트 정보 서비스를 팩스로 보낸다. 모닝콜로 얽혀 있는 이 넷의 공통점은 모두 다 혼자 살고 있다는 사실이다. '나'는 인터넷을 통해 정보를 검색하고 그로 인해 많은 것을 알게 되기도 하지만, 그것들은 '나'를 스쳐갈 뿐이다. 나아가 삶 자체가 그러하다. 삶의 어떤 의미도 '나'에게 고이지 않고 모든 것은 그저 지나가버린다. 바로 이 점이 독신의 본질이 아닐까. 타인과의 관계를 통해 맺혀지는 의미를 거부하는 것, 세계가 '나'를 그냥 통과해 가도록 세계와의 공유면을 지워나가는 것.

나는 아는 만큼 모른다. 세코날도 칼모틴도 모른다. 권총 자살 따윈 관심조차 없다. 어떤 맑고 세심한 배려의 눈길이 있어 실연의 아픔으로 수면제를 집어삼킨 체험수기의 오버액션과 제 몸을 사르는 영혼의 순교를 구별해줄 것인가. 나는 그저 잘덴 반 알을 삼킬 뿐이다.(173쪽)

　이 익명의 기호 속에 잠겨 있던 욕망들이 고유명을 부여받으며 현실의 수면 위로 떠오른다. 42는 광고 회사의 직원이었으며, 부하 직원과의 간통으로 피소된 상태에 있는 마흔두 살의 조윤선이다. 96은 다자이 오사무의 옆얼굴을 닮은, '나'의 갈증와 욕망의 대상인 손재형이다. 잘덴 여섯 알을 삼키고 잠이 든 42는 통화중이며, 언제나 한결같았던 05는 전화를 받지 않고, 그리고 '나'는 96을 현실 속에서 만난다.
　누구나 인생에서 한 번쯤은 거쳐가게 마련인 독신이라는 알 속의 세계. 이 알 속에서 보낸 독신의 시간들은 실상 알 밖의 인생을 부화(孵化)하고 있는 것이다. 이 경우 독신은 결혼의 여부와 무관하게 현실로부터 차단된 내밀한 열정을 의미한다. 베네티안 블라인드 속에 자신을 가린 채 남몰래 키워가는 단독자의 세계, 그것은 독신 바깥의 삶을 지탱하는 힘이자, 그러하기에 죽음 이후에도 영원히 남을 혼자만의 비밀스런 역사이다.

독신

ⓒ 김현영 류소영 박자경 윤애순 이신조 전혜성 2000

| 1판 1쇄 | 2000년 5월 6일 |
| 1판 4쇄 | 2000년 7월 6일 |

지 은 이	김현영 류소영 박자경 윤애순 이신조 전혜성
책임편집	김선혜 이진영
펴 낸 이	강병선
펴 낸 곳	(주)문학동네
출판등록	1993년 10월 22일 제22-188호

주 소	136-034 서울시 성북구 동소문동 4가 260번지 동소문빌딩 6층
전자우편	editor@munhak.com
	하이텔 : podo1
	천리안 : greenpen
전화번호	927-6790~5, 927-6751~2
팩 스	927-6753

ISBN 89-8281-284-9 03810

* 잘못된 책은 바꿔드립니다.

www.munhak.com